D1730391

BASTEI
LÜBBE

BASTEI LÜBBE

G.F. UNGER IM
TASCHENBUCH-PROGRAMM:

G.F. UNGER

Black Lady

Western-Roman

BASTEI LÜBBE TASCHENBUCH
Band 45 267

1. Auflage: Dezember 2006

Vollständige Taschenbuchausgabe

Bastei Lübbe Taschenbücher
ist ein Imprint der Verlagsgruppe Lübbe

Originalausgabe
© 2006 by
Verlagsgruppe Lübbe GmbH & Co. KG,
Bergisch Gladbach
Lektorat: Will Platten
Titelillustration: Sanjulian / Bassols, Barcelona
Umschlaggestaltung: QuadroGrafik, Bensberg
Satz: Wildpanner, München
Druck und Verarbeitung:
Nørhaven Paperback A / S
Printed in Denmark
ISBN 10: 3–404–45267–4
ISBN 13: 978–3–404–45267–5

Sie finden uns im Internet unter
www.bastei.de
oder
www.luebbe.de

Der Preis dieses Bandes versteht sich einschließlich
der gesetzlichen Mehrwertsteuer

Ein Western – das ist Urtümlichkeit.

Gerade in seiner Einfachheit und Schlichtheit spricht er alle Urelemente des menschlichen Daseins an.

Er zeigt die Reinen und die Sündigen und predigt doch keine aufdringliche Botschaft.

Ein Western ist Ehrlichkeit. Direkt und ungeschminkt nennt er die Dinge beim Namen. Und wenn es auch nur eine einfache Geschichte ist, sollte sie doch mit der Kraft eines Homer erzählt werden können.

G. F. Unger

1

Es ist in der nobelsten Spielhalle von Saint Louis gegen Mitternacht, als er sie zum ersten Mal in Wirklichkeit und nicht nur in seinen Träumen zu sehen bekommt.

Und so hält er erst einmal staunend inne, denn er kann es noch gar nicht glauben.

Doch es ist so. Da sitzt die Frau, von der er in einsamen Nächten träumte. Und einsame Nächte gab es viele auf seinen Wegen.

Er tritt etwas näher an den Pokertisch heran und gesellt sich so zum Kreis der Zuschauer, der voller Spannung das Spiel verfolgt, jedoch respektvollen Abstand hält.

Denn dies ist ein wirklich nobler Spielsaloon. Hier spielen Ladys und Gentlemen, aber auch jene Sorte, die sich gut getarnt hat auf der Jagd nach Beute.

Denn so ist die Welt nun mal, und die Menschen sind oft die gierigsten und gnadenlosesten Raubtiere auf dieser Erde.

Oven Quaid – das ist sein Name – achtet vorerst nicht besonders auf das Spiel, obwohl es da offensichtlich um eine ganze Menge geht, sozusagen um alles oder nichts.

Er muss die Frau betrachten. Denn für ihn ist sie wunderschön, schwarzhaarig und grünäugig, ganz und gar wie eine Lady wirkend, eine Frau, die das Leben kennt und sich in einer Männerwelt stets zu behaupten wusste.

Denn auch jetzt versucht sie sich gegen vier hart

gesottene Pokerspieler zu behaupten, und Poker ist kein Halmaspiel, Poker ist Krieg.

Offenbar spürte sie seinen Blick, denn sie hebt den ihren und sieht geradewegs in seine rauchgrauen Augen.

Es sind die Augen eines Mannes, der ein richtiger Mann ist und von dem der Strom einer selbstbewussten Männlichkeit ausgeht, die aber nicht herausfordernd, sondern eher zurückhaltend wirkt.

Ihre Blicke tauchen etwa drei Sekunden ineinander, verschmelzen gewissermaßen, und es ist, als hielten sie eine Art Zwiesprache miteinander und als würden sie sich schon lange kennen.

Doch das ist nicht so. Er kennt sie nur aus seinen Träumen.

Dann aber klingt die etwas ärgerliche Stimme eines der Spieler: »Lady, wollen Sie im Spiel bleiben?«

Sie nimmt nun den Blick von Oven Quaid und betrachtet noch einmal ihre Karten. Oven Quaid kann erkennen, wie sehr sie zu jenem Spieler hinüber wittert. Ja, es ist das Wittern einer Raubkatze, der man die Beute streitig machen will.

Die drei anderen Spieler haben schon gepasst, sind ausgestiegen aus dieser Runde.

Die Schöne nimmt nun all ihr Geld, zählt die Hundert-Dollar-Scheine und spricht: »Ich halte Ihren Einsatz und erhöhe um fünfhundert Dollar.«

Im Kreis der Zuschauer stöhnen einige Stimmen. Einer flüstert heiser: »Heiliger Rauch und Vater im Himmel …«

Dann bricht das Flüstern ab.

Der Spieler aber – es ist ein bulliger Typ, der bei

seinem Anblick an einen Löwen denken lässt – grinst unter seinem Schnurrbart. Er wirkt sehr gepflegt, ist teuer gekleidet mit einer Brokatweste über dem gefältelten Hemd und unter dem Prinz-Albert-Rock. Aber seine Augen wirken flintsteinhart.

Soeben sah es so aus, als hätte er all sein Geld gesetzt. Denn vor ihm liegen keine Dollarscheine auf dem Tisch.

Und so könnte man annehmen, dass die Lady ihn aus dem Spiel gebluft hat, denn es wird ohne Limit gespielt.

Doch nun greift er in die Innentasche seines Rockes und holt ein Bündel Scheine hervor. »Hier sind noch mal tausend Dollar, Lady. Können Sie noch im Spiel bleiben?«

Es ist nun still, so als hielten sie alle den Atem an.

Denn jeder will die Antwort der Lady hören.

Und sie alle hören ihre Stimme ruhig sagen: »Es sieht so aus, als hätten Sie mich aus den Spiel bieten können, Mister Lewis.«

»Das haben Sie mit mir auch machen wollen, Lady. Aber ich hatte noch eine Reserve.«

Sie nickt und will sich erheben.

Doch da sagt Oven Quaids Stimme in die Stille: »Lady, Sie haben bei mir einen zinslosen Kredit. Bleiben Sie im Spiel – bitte.«

Wieder begegnen sich ihre Blicke, verschmelzen ineinander, und in jeden von ihnen dringt etwas vom Gegenüber tief hinein. Ja, abermals ist es wie eine Zwiesprache ohne Worte.

Sie nickt ihm zu: »Ich nehme Ihr Angebot an, Mister.«

Und so tritt er vor, holt dabei Geld aus der Jacken-tasche und wirft es auf den Tisch.

Jener Lewis aber starrt ihn aus schmalen Augen an, hält seine Gefühle jedoch tief in sich verborgen. Dennoch wissen alle, dass dieser Mann jetzt vor Hass innerlich verbrennt.

Oven Quaid ist sich bewusst, dass er einen Tod-feind bekommen hat, und alles nur wegen dieser schönen Frau, die er vor wenigen Minuten zum ersten Mal in seinem Leben gesehen hat. Doch das nimmt er hin. Er hat sich auf seinen Wegen schon mehr als einen Feind geschaffen und ist bis jetzt mit jedem fertig geworden.

Jener Lewis erhebt sich mit einem Ruck und geht. Nun erst sieht man, wie sehr er bei aller Schwer-gewichtigkeit dennoch wendig und geschmeidig ist.

Er geht einfach davon. Der Zuschauerkreis öffnet sich rasch.

Auch die drei anderen Mitspieler erheben sich, um zu gehen. Einer spricht höflich: »Lady, es war nicht fair von ihm, noch Geld in der Tasche zu haben.«

Sie nickt nur dankend und bleibt sitzen, wartet offensichtlich, dass Oven Quaid sich zu ihr setzt. Und das macht er auch.

Sie sind nun allein am Tisch. Der Zuschauerkreis löst sich auf.

Quaid beugt sich vor und deckt die Karten des Verlierers auf.

Es sind vier Buben.

Er blickt die Schöne fragend an, aber die schenkt ihm nur ein Lächeln, deckt ihr eigenes Blatt nicht auf.

Also fragt er: »Haben Sie nur geblufft, Lady?«

»Was glauben Sie, mein Freund?«

Ihre Stimme klingt kühl.

Dann schiebt sie ihm das Geld hinüber, das er auf den Tisch warf.

»Und warum haben Sie das für mich getan, Mister?«

»Mein Name ist Oven Quaid.«

»Warum also?«

»Weil ich schon sehr lange wusste, dass es Sie gab. In vielen Träumen sah ich Sie vor mir. Und als ich Sie nun in Wirklichkeit sah, da wurde mir klar, dass dies von einem Schicksal so gewollt ist. Oder sind Sie anderer Meinung?«

Ihre Augen schließen sich einen Moment, so als könnte sie auf diese Weise tief in sich hineinlauschen.

Dann aber sieht sie sie ihn mit ihren grünen Augen fest an.

»Ja, es könnte so sein«, murmelt sie. »Wir müssten es ausprobieren.«

Sie holt vom Boden ihre große Handtasche, die dort neben ihrem Fuß stand und beginnt das viele Geld vom Tisch hineinzuwischen wie in einen Geldbeutel.

Es ist eine Menge Geld, vielleicht mehr als zehntausend Dollar, das Geld von fünf Spielern, die hohe Einsätze wagten.

Als sie fertig ist, nickt sie ihm zu und deutet dann auf ihr Kartenblatt, das immer noch nicht aufgedeckt ist.

»Sie wollen doch wissen, Oven, ob ich eine Blufferin bin. Also sehen Sie nach.«

Er dreht die fünf Karten um und sieht einen Straight Flush, also fünf aufeinander folgende Kartenwerte der gleichen Farbe.

Es ist der zweithöchste Kartenwert beim Poker. Nur ein Royal Flush ist höher.

»Mein Name ist Samantha Donovan«, spricht sie und erhebt sich. »Gehen wir, Oven, probieren wir aus, ob uns das Schicksal zusammengeführt hat oder alles nur ein dummer Zufall war.«

Sie gehen hinaus.

Von einigen anderen Tischen und auch von der Bar her klatschen Gäste Beifall. Ja, sie alle hier gönnen der wunderschönen Lady den Sieg.

Und auf Oven Quaid sind nicht wenige der Gäste neidisch.

Es sind auch noch einige andere Frauen im Spielsaloon. Eine lacht etwas schrill und ruft: »Glück muss man haben, Schwester!«

Samantha und Oven treten hinaus in die Nacht.

Vom Fluss her kommen die typischen Gerüche. Die Schiffe an den Landebrücken sind alle mehr oder weniger erleuchtet. Hier unterhalb der Missourimündung liegen all die großen Mississippi-Steamer, darunter einige Luxus-Steamer, die wie schwimmende Nobelhotels sind und auf denen Theatervorstellungen stattfinden, ebenso viele Zerstreuungen anderer Art. Aber im Frachthafen liegen die Frachtschiffe, und wenn man den Wind von dorther bekommt, dann kann man die stinkenden Büffelhäute riechen, die dort zu Zehntausenden auf den Abtransport warten.

Samantha hat sich wie selbstverständlich in Ovens

Arm eingehakt. Als sie sich in Bewegung setzen, übernimmt sie die Führung. Sie bewegt sich leicht und geschmeidig, hält mit ihm Schritt. Für eine Frau ist sie mehr als mittelgroß, aber er überragt sie dennoch um einen Kopf.

Ja, sie sind ein allein schon äußerlich beachtliches Paar. Aber was sie sonst sind, müssen sie erst noch gegenseitig herausfinden.

Und wahrscheinlich verspüren sie jetzt beide die gleiche Neugierde auf das Ergebnis ihres gegenseitigen Erforschens.

Es ist jetzt etwa zwei Stunden nach Mitternacht. Samantha führt ihn eine stille Straße entlang, die ein wenig ansteigt. Er spürt ihren Körper dicht an seinem. Es ist eine laue Sommernacht. Samantha trägt nur ein hauchdünnes Kleid. Es ist ein Kleid, wie es seriöse Ladys tragen. Wahrscheinlich hat sie es in New Orleans erstanden, denn es wurde gewiss in Paris geschaffen und kam mit einem Seeschiff mit vielen anderen modischen Dingen von Europa herüber. Denn New Orleans ist die französischste Stadt der USA seit jenem Tag im Jahre 1718, als die Stadt von Bienville gegründet wurde.

Ja, Oven glaubt, dass Samantha mit einem Dampfboot von New Orleans heraufgekommen ist, eine schöne Frau ohne Beschützer. Doch wahrscheinlich kann sie sich selbst gut beschützen.

Rechts und links der noblen Straße stehen Villen und kleine Hotelpensionen der gehobenen Klasse. Wahrscheinlich hat Samantha sich in solch einem Haus eingemietet.

Aus dem Mondschatten eines alten Baumes tritt

plötzlich ein Mann heraus und versperrt ihnen breit-
beinig verhaltend den Weg.

Der Mann ist kein anderer als jener Lewis, der
vorhin nach seiner Niederlage beim Poker wortlos
davonging.

Jetzt aber spricht er mit kehlig grollender Härte:
»Ich bin nun mal ein schlechter Verlierer. Das ist euer
Pech. Also gebt mir zurück, was ihr mir abgenom-
men habt. Ich hatte diese grünäugige Katze schon
aus dem Spiel geboten, als du dich einmischen
musstest. Das war ein guter Trick. Aber jetzt gebt
ihr mir alles zurück. Vorwärts! Wirf deine Tasche
herüber, du grünäugige Hexe!«

Sein Zorn, den er bisher unter Kontrolle hielt,
bricht nun hervor.

Und unter seinem offenen Prinz-Albert-Rock sieht
man den Elfenbeinkolben seiner griffbereiten Waffe.
Gewiss ist er schnell, so schnell wie ein Revolvermann, der bisher auf all seinen Wegen überleben
konnte.

Samantha löst sich von Oven und tritt zwei Schritte
zur Seite.

Oven aber spricht ruhig: »Ihr Name ist Lewis, nicht
wahr? Nun, Mister Lewis, bevor ich dieser Lady mein
Geld anbot, hatte ich sie noch niemals in meinem
Leben gesehen. Wir waren kein eingespieltes Paar.
Muss ich Ihnen einen Vortrag über Pokern halten?
Sie hätten vorher aus dem Spiel aussteigen können.«

Als er verstummt, da schweigt Lewis einige Atemzüge lang, wippt nur leicht auf seinen Sohlen. Dann
schüttelt er den Kopf wie ein Mann, der keine andere
Möglichkeit mehr sieht. Als seine Hand nach der

Waffe greift, deren heller Elfenbeinkolben so deutlich sichtbar ist, da zieht auch Oven.

Seine Waffe, die er links trägt, war bisher unter seiner offenen Jacke verborgen. Dass er die Waffe so schnell in der Hand hat, gleicht wahrhaftig einer Zauberei. Lewis kommt gar nicht mehr zum Schuss. Die Kugel zerschmettert ihm das Schultergelenk, stößt ihn halb um seine Längsachse. Und der Revolver entfällt ihm. Er kann ihn nicht mehr halten.

Und so verharrt er stöhnend und muss die böse und für ihn so schreckliche Erkenntnis erst noch verarbeiten, dass er zum zweiten Mal verloren hat und nun auch noch böse angeschossen ist. Einige Sekunden verharrt er schwankend, und sie hören ihn knurren, als er den Schmerz zu spüren beginnt.

Schließlich stößt er heiser hervor: »Du hättest mich töten sollen, Mann. Denn …«

Er spricht nicht weiter, sondern wendet sich nach links, denn dort öffnet sich eine Gassenmündung. Dann jedoch hält er noch einmal inne, hat sich die Linke auf die zerschossene rechte Schulter gepresst. Oh ja, er ist ein eisenharter Bursche, der auch jetzt noch auf den Beinen bleibt.

Über seine blutende Schulter hinweg stößt er hervor: »Ihr verdammten Linkshänder! Warum sind Linkshänder stets schneller?«

Aber er wartet nicht auf eine Antwort, sondern taumelt in die Gasse hinein.

Samantha und Oven sehen ihm schweigend nach.

Aus dem Fenster einer der Villen ruft eine Stimme: »He, wer schießt da herum!«

Aber sie geben dem Rufer keine Antwort.

Samantha hängt sich wieder bei Oven ein. Sie setzen ihren Weg wieder fort, und nach etwa hundert Schritten erreichen sie das kleine Hotel. Samantha hat den Hausschlüssel. Ihr Zimmer liegt im ersten Stock.

Oben kommt sie in seine Arme.

Und sie sprechen kein Wort. Denn das müssen sie auch nicht.

2

Es ist am nächsten Vormittag, als er erwacht. Im ersten Moment glaubt er, dass er alles nur geträumt hat, wie schon so oft, wenn er im Traum das Bild von einer Frau vor seinen Augen sah, der Samantha so sehr gleicht.

Doch er begreift schon nach wenigen Sekunden, dass er diesmal nicht träumte, sondern alles in Wirklichkeit erlebte.

Denn Samantha liegt in seinem Arm und schläft noch.

Das helle Tageslicht fällt durchs Fenster herein. Sie hatten die Gardinen und Vorhänge zurückgezogen, um die Kühle der Nacht ins Zimmer zu lassen. Denn es war ein heißer Tag, und auch ihnen ist es mächtig warm geworden während der Stunden, in denen sie sich beschenkten mit Zärtlichkeiten, sich liebten ohne Worte.

Nun betrachtet er sie von der Seite, bläst einmal eine Haarsträhne aus ihrem Gesicht.

Doch sie erwacht immer noch nicht. Aber auf ihrem Mund liegt ein Lächeln. Es ist ein Mund mit vollen, lebendigen Lippen.

Er kann sich nicht satt sehen an ihrem Gesicht, denn es ist das starke, eindringliche Gesicht einer Schönheit, die das Leben kennt, ein Gesicht, dem die Liebe nicht fremd ist – und auch die Enttäuschungen der Liebe nicht. Es ist das leidenschaftlich wache, herbe, herrliche und wunderbare Gesicht einer Frau mit großen Augen und großzügigen Konturen.

Und so denkt er: Womit habe ich das verdient?

In diesem Moment öffnet sie ihre grünen Augen und lässt ihn tief hineinblicken.

Ihr Lächeln ist für ihn das schönste Morgengeschenk. Ihre Stimme fragt ruhig und ohne Scheu: »Habe ich dich glücklich gemacht?«

»Ich war im Paradies«, erwidert er.

»Das war ich auch, Oven. Aber das kann nicht alles sein. Wir haben herausgefunden, dass wir uns gegenseitig glücklich machen können. Wir wurden ein Paar, das gewiss nicht mehr voneinander lassen kann. Aber das kann wirklich nicht alles sein. Ich weiß nichts von dir – und du nichts von mir. Warum kamst du nach Saint Louis? Wer bist du, nur ein schneller Revolvermann, ein Abenteurer, ein Spieler? Oder machst du irgendwelche Geschäfte?«

Sie macht eine kleine Pause und lacht dann ein wenig, so als erinnerte sie sich an etwas und wäre deshalb amüsiert.

Dann murmelt sie: »Als ich noch sehr jung war, ging ich mit einem Mann von daheim fort, der seine Frau und seine beiden Kinder verlassen hatte. Doch das bekam ich erst später heraus. Denn damals war ich noch ein dummes Ding von siebzehn Jahren. Inzwischen ...«

Sie bricht ab, aber er weiß auch so, was sie gesagt hätte, nämlich, dass sie jetzt erfahren sei.

Und so sagt er: »He, ich habe gewiss keine Frau und Kinder verlassen. Ich kam nach Saint Louis, um ein Dampfboot zu kaufen, es mit Waren voll zu laden und damit hinauf nach Montana zu fahren. Dort suchen mehr als zehntausend Menschen nach Gold. Und die brauchen alles vom Hufnagel bis zum Klavier, einfach alles, was sie bezahlen können mit ihrem Gold. Samantha, ich bin ein Mann vom Fluss.«

Als er verstummt, da denkt sie eine Weile nach.

Dann aber kommt die von ihm erwartete Frage: »Und woher hast du das viele Geld? Denn was du vor hast, dazu benötigst du eine Menge Kapital – oder? Du kannst mit der Waffe umgehen wie ein Revolvermann. Bist du oder warst du einer? Hast du eine Bank ausgeraubt oder reich geerbt?«

Sie fragt es zuletzt leise lachend.

Aber er spürt, dass es jetzt sehr auf seine Antwort ankommen wird, ob sie beisammen bleiben oder sich trennen werden.

Sie ist kein leichtsinniges Huhn mehr. Denn längst hat sie Lehrgeld gezahlt.

Und so erwidert er: »Ich besaß schon mal ein prächtiges Dampfboot. Während des Krieges fuhr ich Konterbande für die Konföderationsarmee in Vicksburg. Ich holte die wichtigen Versorgungsgüter von den Seeschiffen, die im Golf von Mexico auf

18

Reede lagen. Vicksburg, das man mit Gibraltar verglich, wurde mehr und mehr abgeschnitten, und die mehr als dreißigtausend Verteidiger begannen zu hungern. Es fehlte auch immer mehr an Munition. Und die Kanonenboote der Unionsarmee machten zunehmend stärker und erfolgreicher Jagd auf uns Blockadebrecher. Es wurde ständig gefährlicher, sich in den Mississippi zurückzuschleichen und bis Vicksburg hinaufzukämpfen.«

Er macht nach dieser Einleitung eine Pause. Samantha spürt sein Zögern. Gewiss fragt er sich nun tief in seinem Kern, ob er ihr ein Geheimnis anvertrauen kann. Denn sie kennen sich ja erst weniger als zwölf Stunden, fanden in dieser Nacht nur heraus, dass sie sich gegenseitig das Paradies bereiten können.

Aber langt das?

Ja, sie spürt, dass er sich diese Frage stellt.

Und so will sie sich schon trotzig aus seinem Arm rollen und dabei sagen: »Du musst es mir nicht erzählen. Bleib nur weiter ein vorsichtiger Wolf.«

Doch da hört sie ihn wieder sprechen und mit einem Klang von grimmiger Erinnerung in der Stimme sagen: »Die Yankees schossen meine River Shark in Stücke. Sie kamen mit einigen Kanonenbooten aus dem Yazoo River heraus, als ich mit meiner River Shark den Flusshafen von Vicksburg zu erreichen versuchte. Die schossen mein Dampfboot buchstäblich in Stücke. Ich verlor einige meiner Männer. Mit den anderen konnte ich mich schwimmend an Land retten. Aber wir retteten nur unser nacktes Leben.«

Als er abermals verstummt und einige Atemzüge lang schweigt, da spürt sie, wie sehr ihn die Erinnerung belastet.

Und so wartet sie geduldig.

Er murmelt dann: »Ich hatte alles verloren, meine River Shark, die wertvolle Ladung und mein ganzes, in den vergangenen Jahren angesammeltes Vermögen. Die Yankees hatten mich hart und gnadenlos dafür bestraft, dass ich eine belagerte und fast völlig eingeschlossene Stadt, in der auch Säuglinge mit ihren Müttern lebten, mit lebensnotwendigen Waren versorgte. Natürlich machte ich mit der Konterbande Gewinn. Nein, ich war gewiss kein edler Patriot. Doch ich nahm die Niederlage nicht hin. Wir waren noch zwölf Mann, darunter mein Steuermann und der Bootsmann. Vicksburg stand dicht vor der endgültigen Kapitulation. Wir eroberten zwei Wochen nach dem Verlust der River Shark ein kleines Kanonenboot der Unionsmarine. Und dieses Boot hatte zuvor einen Goldtransport geschnappt, der zum Golf von Mexiko unterwegs war, um von den Seeschiffen weiterhin Konterbande kaufen zu können. Das wurde von Baton Rouge aus organisiert. Von dort erhielt auch ich mein Geld. Aber dieser Goldtransport der Konföderierten – es waren Spenden von den Silber- und Goldfundgebieten in Texas, New Mexiko und Colorado, die von Patrioten gesammelt wurden – konnte Vicksburg nicht mehr helfen. Die Yanks hatten ihn geschnappt. Aber alles wurde unsere Beute, das Kanonenboot und das Gold, das die Yankees schon so sicher zu haben glaubten.«

Abermals macht Oven Quaid eine Pause.

Samantha wartet geduldig. Dann spricht er weiter: »Wir teilten unsere Beute und trennten uns. Zuletzt waren wir nur noch sieben Mann, denn einige starben beim Kampf um das Kanonenboot. Das alles ist jetzt länger als drei Jahre her. Wir schreiben nun das Jahr 1868. Der Krieg ist vorbei. Und ich machte meinen Anteil an der Beute längst zu Geld, zu Yankeedollars. Denn das Südstaatengeld wurde ja wertlos, Gold war damals für jeden Südstaatler das einzig Wahre. Nun bin ich hier, um ein Dampfboot zu kaufen, das meiner River Shark möglichst ähnlich ist. Und ich habe mein Vermögen im vergangenen Jahr stark vermehrt. Ich rüstete eine Holzfällermannschaft aus und ging mit ihr hinauf nach Montana, schlug Holz am Whiskey River. Und meine Flößermannschaften brachten dutzende von Riesenflößen den Missouri abwärts bis Omaha, von wo aus der Bau der Union Pacific begonnen wurde. Dort sammelte man Riesenmengen von Bauholz für Brücken und Eisenbahnschwellen, für Eisenbahnstationen und für die Städte, die erst noch gegründet werden müssen. Samantha, ich wurde ein wohlhabender Mann. Und nun will ich wieder eine neue River Shark besitzen und den Missouri bis Fort Benton befahren, Waren jeder Art befördern. Das war mein Leben und wird es auch bleiben. Könntest du es mit mir teilen?«

Er fragt es zuletzt sehr ernst.

Sie schweigt eine Weile. Dann aber erwidert sie leise: »Wenn ich dir mehr von mir erzählt habe und du mehr von mir weißt, dann solltest du mich noch einmal fragen – oder es sein lassen.«

»Du musst mir nichts von deiner Vergangenheit erzählen, Samantha.«

»Aber ich will es. Und deshalb mache deine Ohren auf, Oven Quaid.«

Sie rollt sich in seinem Arm noch mehr auf die Seite, sodass ihr Atem seine Wange streichelt.

Dann beginnt sie:

»Als mich jener Mann, mit dem ich von daheim fortlief, beim Poker an einen anderen Mann verloren hatte, brach die Welt für mich zusammen. Ich war damals siebzehn Jahre alt und ein dummes Ding. Doch ich lief dem Mann, der mich beim Poker gewann, nach einigen Tagen und Nächten fort. Das war in New Orleans. Und ich hatte eigentlich nur die Wahl zwischen zwei Möglichkeiten. Ich konnte mich in einem Bordell verkaufen oder als Dienstmädchen ein Unterkommen suchen. Dem Mann, der mich gewonnen hatte und der mich als sein Eigentum betrachtete, hatte ich etwas Geld stehlen können. Aber es reichte nur wenige Tage. Und als ich ziellos durch die Straßen von New Orleans strich, da kam ich an einem wunderschönen Haus vorbei, in dessen Vorgarten wunderschöne Rosen blühten und herrlich dufteten. Eine grauhaarige Lady war mit dem Rosenschneiden beschäftigt. Sie tat es auf eine Art, die wie ein Zelebrieren auf mich wirkte. Ja, man konnte unschwer erkennen, dass sie die Rosen liebte, als wären sie edle Geschöpfe, vielleicht so etwas wie ihre Kinder. Ich hatte innegehalten. Nun blickte sie über den kunstvoll geschmiedeten Zaun hinweg auf mich, und unsere Blicke konnten sich nicht voneinander lösen. Ich spürte irgendwie, dass diese grauhaarige Lady in mir lesen konnte wie in einem offenen Buch. Etwas von ihr drang in mich ein.

Und ich hörte mich fragen: ›Lady, brauchen Sie vielleicht ein Mädchen, das Ihnen zur Hand geht?‹ Ich wartete nach meiner Frage eine Weile und sah weiter in ihre Augen.

›Wer bist du, Kleines?‹ Sie fragte es freundlich, aber ich wusste, sie hatte mich längst richtig eingeschätzt, denn sie war erfahren und kannte das Leben und die ganze Welt. Und so sagte mir mein Instinkt, dass ich ihr nichts vormachen konnte.

Ich musste ihre Frage ehrlich beantworten. Und so erklärte ich ihr alles mit wenigen Sätzen. Denn ich erwiderte: ›Lady, ich lief mit einem Blender von daheim weg, der mich wenige Monate danach beim Poker an einen anderen Mann verlor. Aber dem lief ich vor wenigen Tagen weg. Nun sucht er mich gewiss in New Orleans. Und das Geld, das ich ihm noch stehlen konnte, ist nun alle. Wenn ich keine sichere Zuflucht finde, muss ich es bei einem Bordell versuchen. Und ich weiß eigentlich nicht, warum ich es hier bei Ihnen versuche, Lady. Vielleicht sagte es mir mein Instinkt.‹

Sie kam nun zum Zaun und betrachtete mich aus der Nähe. In einer Hand hielt sie eine wunderschöne Rose, in der anderen die Rosenschere.

Ich spürte, wie von ihr etwas ausging und in mich eindrang. Aber ich wehrte mich nicht dagegen, ja, ich öffnete mich.

Sie fragte: ›Hast du kein Zuhause mehr, keine Eltern?‹

›Doch, ich habe Eltern, und diese leben mit fünf meiner Geschwister auf einer Siedlerstätte in armseligen Hütten. Als unser einziges Pferd starb, mussten wir selbst den Pflug ziehen. Und dann kam jener Reiter bei uns vorbei, der mich mitgenommen hat.‹

Ich hatte nun alles gesagt und wartete.

Und die grauhaarige Lady auf der anderen Seite des Zaunes sprach ruhig: ›Komm herein, mein Kind. Denn ich verspüre jetzt eine Neugierde und will herausfinden, was ich aus dir machen kann. Komm durch die Pforte herein. Und bei mir bist du sicher vor jenem Mann, der dich beim Poker gewinnen konnte. Ich nehme an, dass dich noch keiner der beiden Hurensöhne geschwängert hat.‹

›Nein, Lady‹, flüsterte ich voller Dankbarkeit.«

Samantha schweigt nach diesen Worten eine Weile. Oven spürt, dass die Frau in seinem Arm jetzt mit ihren Gedanken den langen Weg zurückeilt, den sie gegangen ist.

Er wartet geduldig.

Samantha spricht schließlich: »Ich bin jetzt siebenundzwanzig Jahre. Zehn Jahre war Helen Lonnegan meine Mutter, Tante, Freundin, Lehrmeisterin. Und sie war eine zweibeinige Wölfin, eine Spielerin eigentlich, die sich als seriöse Lady tarnte. Sie war gebildet und klug, aber auch sehr berechnend und konnte gnadenlos sein. Immer wieder verließen wir New Orleans und fuhren auf den Luxusschiffen den Mississippi hinauf und herunter. Ein Revolvermann begleitete uns, schützte uns. Er galt als ihr Sohn. Und ich galt als ihre Tochter. Sie gab sich als Kapitänswitwe und Reedereibesitzerin aus, die sich das Spiel um hohe Einsätze leisten konnte. Aber irgendwann sagte sie mir, dass sie müde, alt und verbraucht sei und in New Orleans bei ihren Rosen bleiben wolle. Sie schickte mich in die weite Welt hinaus wie eine flügge gewordene Adlerin. Ja, so drückte sie sich aus. Und hier bin ich dann dir begegnet, Oven Quaid. Willst du mich immer noch an deiner Seite haben, auf einer neuen River Shark?«

»Ja, das wünsche ich mir sehr, Samantha.«

3

Die Suche nach einem Dampfboot, das geeignet für den oberen Missouri ist, erweist sich für das Paar in den nächsten drei Tagen als unerwartet schwierig.

Zwar liegen am langen Kai in Saint Louis mehr als ein halbes Hundert solcher Dampfboote, doch keiner dieser Steamer ist zu verkaufen. Sie sind für die Besitzer zu wertvoll und vergleichbar mit ertragreichen Goldminen.

Denn mit einer einzigen Frachtfahrt hinauf nach Montana kann man so viel Gewinn erzielen, dass man damit den Kaufpreis für den Steamer erwirtschaftet hat und noch eine Menge Dollars übrig behält. Eine Fahrt den Missouri hinauf bis zum 4800 Kilometer entfernten Fort Benton hoch oben in Montana, ist also ein Geschäft mit einem Riesengewinn.

Für Oven und Samantha kommt noch hinzu, dass

sie nicht jedes Dampfboot kaufen würden. Oven Quaid sucht einen Ersatz für seine River Shark – seine Flusshai –, und die war ein besonderes Dampfboot mit starken Maschinen und einem Heckschaufelrad. Und nur solche Heckschaufelraddampfer sind für die Bergfahrt auf dem Missouri geeignet. Ja, es ist eine Bergfahrt stromauf. Denn von der Mündung bei Saint Louis bis hinauf nach Fort Benton sind 800 Meter Höhenunterschied zu bewältigen.

Man braucht starke Maschinen und darf keinen Tiefgang haben – selbst voll beladen nicht –, der tiefer als ein Yard ist.

Seitenraddampfer haben keine Chance, denn es treiben immer wieder Baumstämme abwärts, denen man nicht ausweichen kann. Und schon ein einziger Baumstamm, der zwischen die Radschaufeln gerät, kann größtes Unheil anrichten und zum Verlust des Steamers führen.

Es ist schließlich am vierten Tag ihrer Suche, als sie erfahren, dass auf einer kleinen Werft etwas außerhalb von Saint Louis den Missouri hinauf, ein Dampfboot versteigert werden soll. Und so mieten sie einen leichten Wagen und machen sich auf den Weg.

Sie kommen an Sägemühlen vorbei, von denen die Riesenflöße zu Bauholz und Eisenbahnschwellen verarbeitet werden.

Nach etwa fünf Meilen erreichen sie die kleine Werft.

Ein Wagen kommt ihnen entgegen, in dem außer dem Fahrer noch vier Passagiere sitzen. Als sie neben dem Wagen sind, hält dieser an, und einer der

Passagiere fragt durch das offene Fenster der Kutsche: »He, wollen Sie mit der Lady zur Versteigerung der River Queen?«

»Ja, das wollen wir.«

»Dann kehren Sie besser hier um, Mister. Denn da sind ein paar böse Pilger, die lassen nicht zu, dass man mitbieten kann. Es sind Revolverschwinger des Trustes. Kehren Sie um mit der schönen Lady.«

Die Kutsche fährt wieder an.

Oven aber wartet noch. Er blickt zur Seite auf Samantha und sieht das Funkeln in ihren grünen Augen.

Sie fragt mit einem einzigen Wort: »Trust?«

Er nickt. »Ja, Samantha, es ist eine Vereinigung, deren Zweck es ist, das Monopol auf alles zu erzwingen, zum Beispiel Frachtpreise zu bestimmen, eine Art Zölle zu erheben oder Schutzgelder zu erzwingen. Man hat schon im vergangenen Jahr von mir kassieren wollen, als ich die Flöße zu den Sägemühlen brachte. Doch ich hatte eine raubeinige Mannschaft. An uns wagte man sich noch nicht heran. Es gibt auch noch eine Menge Schiffseigner, Kapitäne und Reeder, die gegen den Trust ankämpfen. Ja, es findet ein Machtkampf statt. Auch die Holzplätze auf der dreitausendfünfhundertsiebzig Meilen langen Entfernung bis nach Fort Benton, wo die Steamer Brennholz für die Heizkessel übernehmen müssen, sind vom Trust begehrte Beute.«

Oven macht eine kleine Pause und blickt dabei in Samanthas funkelnde Augen.

»Ich muss dich schon fragen, ob wir umkehren sollen oder nicht, Samantha.«

»Zum Teufel, Oven. Ich bin zum Rebellieren geboren. Und ich bin kein Klotz an deinem Bein. Sehen wir uns zumindest die Sache mal an.«

Er nickt stumm und lässt das Gespann wieder antraben.

Als sie die Einfahrt zum Werksgelände erreichen, versperren ihnen dort drei Männer die Durchfahrt. Einer von ihnen wirkt wie ein ehemaliger Preiskämpfer, dessen Gesicht bei vielen Kämpfen mit bloßen Fäusten zerschlagen wurde, denn man kämpft zu dieser Zeit noch nicht mit Handschuhen und nach den Queensberry-Regeln.

Die beiden anderen Männer sind typische Revolverschwinger, die ihre Waffen herausfordernd tief unter der Hüfte tragen, so als übten sie jeden Tag viele Male das schnelle Ziehen.

Sie wirken mit ihrer ganzen Haltung arrogant und herausfordernd.

Einer hebt die Hand und ruft scharf: »Stopp! Hier kommt niemand herein!«

Oven hält an. Er mustert die drei Kerle vorerst nur mit einem schnellen Blick.

Dann aber sieht er zur River Queen hinüber.

Diese liegt schon im Wasser der kleinen Bucht. Sie wurde seitwärts vom Dock heruntergelassen.

Oven Quaid sieht ein typisches Mountain-Missouri-Boat.

Es erinnert ihn an seine River Shark, denn es ist an die sechzig Meter lang, hat einen löffelförmigen Bug, der es möglich macht, auch einmal über Untiefen hinweg zu gleiten. Und das riesige Schaufelrad am Heck hat gewiss einen Durchmesser von fast sechs

Metern und eine Länge von etwa sieben Metern, ist mit einem Kranz aus Gusseisen beschlagen und wird in Betrieb von zwei Maschinen angetrieben, die ungefähr zwanzig Umdrehungen in der Minute schaffen.

Das Boot kann zumindest zweihundert Tonnen Ladung übernehmen und mehr als zwei Dutzend Passagiere befördern. Die Wassertiefe braucht nur hüfthoch zu sein.

Dies alles erkennt Oven mit einem raschen Blick.

Und noch etwas sieht er: Auf dem Sturmdeck vor und hinter dem Ruderhaus steht je ein Geschütz. Es sind zwei Haubitzen, die Schrapnelle abfeuern können.

Was Oven Quaid also sieht, erinnert ihn stark an seine River Shark.

Und so richtet er den Blick wieder auf die drei Kerle, die ihm die Einfahrt verwehren. Sie grinsen ihn an, fühlen sich sehr überlegen, und längst haben sie auch die schöne Frau an Ovens Seite begutachtet und wollen sich deshalb besonders wichtig darstellen.

Oven Quaid fragt mit trügerischer Freundlichkeit: »Und warum dürfen wir nicht weiter?«

Sie finden seine Frage offenbar einfältig und grinsen stärker.

Schließlich erwidert ihr Sprecher: »Haut einfach ab. Die Vereinigung duldet keine Konkurrenz bei solch einer Versteigerung. Haut ab!«

Aber Oven Quaid schüttelt nur leicht den Kopf.

Dann springt er vom ledergepolsterten Sitz der zweirädrigen Kutsche. Samantha greift nach den Zügeln und lenkt das Gespann zur Seite.

Und so stehen sie sich wenige Sekunden später gegenüber.

Die drei Kerle begreifen endlich, dass ein Revolvermann gekommen ist, der es mit ihnen aufnehmen will. Und noch haben sie die Wahl.

Aber sie können und wollen nicht kneifen. Ihr Instinkt warnt sie nicht stark genug.

Nur eines begreifen sie, nämlich, dass Reden keinen Sinn mehr hat.

Und so ziehen sie tatsächlich ihre Waffen. Vielleicht glauben sie, dass sie gar nicht schießen müssen, wenn sie nur schnell genug die Revolver herausbekommen und ihn in die Mündungen blicken lassen.

Doch er schlägt sie glatt.

Sie erstarren, haben die Läufe ihrer Waffen erst halb heraus.

Endlich begreifen sie, dass er ein Großer der Gilde ist, sie aber gegen ihn nur drittklassig sind.

Noch niemals fühlten sie sich dem Sterben so nahe.

Er winkt leicht mit dem Revolverlauf. »Ich glaube«, spricht er, »ihr werdet von der Vereinigung euren Revolverlohn nicht mehr bekommen. Haut ab!«

Sie zögern nur wenige Sekunden. Ihre Pferde sind neben dem Tor am Zaun angebunden. Und so stolpern sie sporenklirrend hinüber und sitzen auf.

Der ehemalige Preiskämpfer aber verharrt noch.

»Da kann ich wohl auch nichts machen – oder? Auf einen Faustkampf mit mir lassen Sie sich ja wohl nicht ein?«

»Nein, warum sollte ich?«

Oven fragt es freundlich. Dann tritt er zum Wagen. Samantha behält die Zügel in den Händen und fährt auf das Werftgelände, genau zu dem Haus, vor dem eine kleine Kutsche steht.

Wahrscheinlich müssen sie sich beeilen.

Aber es sind ja nur ein halbes Hundert Yards.

Für das kurze Stück brauchen sie weniger als eine Minute.

Vor dem Haupthaus der Werft steht eine Kutsche, und als sie eintreten und in der Diele kurz verharren, da hören sie Stimmen aus einem der Räume. Sie folgen dem Klang der Stimmen und gelangen in einen Raum, der offensichtlich das Office der Werft ist.

Hinter einem noblen Schreibtisch sitzt eine grauhaarige Lady. Und vor dem Schreibtisch stehen zwei seriös gekleidete Männer, die sich wegen der Störung nun unwillig umwenden. Und so seriös und nobel sie auch gekleidet sind, ihre Gesichter sind hart.

Einer spricht klirrend: »Sie stören hier. Wie kommen Sie überhaupt herein?«

Aber Oven Quaid beachtet den Mann vorerst gar nicht. Er blickt auf die grauhaarige Lady, die seinen Blick fest erwidert. Und so fragt er: »Lady, sind wir hier richtig bei einer Versteigerung?«

Die Lady nickt. »Gewiss, Mister. Aber es ist keine richtige Versteigerung. Ich muss ein Dampfboot verkaufen, das in den Besitz meiner Werft überging. Wir haben den Steamer gründlich überholt, ihm neue Kessel eingebaut, die beiden Maschinen durch Ersatzteile fast völlig erneuert, neue Radschaufeln und den Gusseisenkranz eingebaut und zwei Kanonen auf dem Sturmdeck montiert. Doch dann wurde der Besitzer tot in einer der Gassen der Hafengegend aufgefunden. Somit wurde die River Queen gewissermaßen herrenlos. Die Reparatur- und Überholungskosten betragen siebentausend- fünfhundertsiebenundfünfzig Dollar. Ich habe das vertragliche Recht, die River Queen versteigern zu lassen. Wollen Sie mitbieten?«

Als sie die Frage stellt, wirkt die grauhaarige Lady listig wie eine erfahrene Wölfin.

Sie deutet auf die beiden anderen Besucher, die sich inzwischen Oven und Samantha zugewandt haben.

»Diese Gentlemen haben mir soeben ein Angebot von fünftausend Dollar gemacht. Und sie sagten mir auch, dass keine weiteren Interessenten kom- men würden. Doch nun kamen Sie, Mister, mit Ihrer Lady …«

Sie verstummt und wirkt nun noch eine Spur listiger.

Einer der beiden Besucher aber spricht hart: »Mann, wer Sie auch sein mögen, wenn Sie mit Ihrer Schönen nicht sofort verschwinden, kaufen Sie sich eine Menge Ärger ein.«

Oven Quaid nickt. »Oh ja, das glaube ich. Aber wessen Ärger wird größer sein, das ist die Frage. Wollen wir es herausfinden?«

Er fragt es mit trügerischer Freundlichkeit.

Dann blickt er zu der Werftbesitzerin hinüber. »Ma'am, ich biete achttausend Dollar. Kommen wir ins Geschäft?«

»Sofort, Mister, sofort.«

»Mein Name ist Oven Quaid.«

»Ich bin Helen Henderson. Mein Mann starb vor vier Wochen, und ich will zurück nach Boston. Die Werft schenke ich meinen Arbeitern. Aber wenn Sie die River Queen kaufen, dann legen Sie sich mit dem mächtigen Trust an, dessen Abgesandten diese beiden Gentlemen sind.«

Als sie Gentlemen sagt, klingt in ihrer Stimme die ganze Verachtung mit, zu der sie fähig ist.

Oven Quaid aber sagt ruhig: »Ich weiß, Ma'am, ich weiß. Ich bekam im vergangenen Jahr schon mal mit der Vereinigung zu tun, als ich ein halbes Dutzend Holzflöße vom Whiskey River nach Saint Louis brachte.«

»Aaah, Sie waren das? Ich hörte davon. Sie hatten eine harte Flößermannschaft. Aber inzwischen wurde der Trust mächtiger, Mister Quaid. Also sind wir erst im Geschäft, wenn Sie diese beiden Gentlemen zum Teufel jagen können.«

Und wieder dehnt sie das Wort Gentlemen verächtlich.

Quaid nickt den beiden so nobel gekleideten Hartgesottenen zu.

»Eure Revolverschwinger und den Muskelmann habe ich schon davongejagt. Muss ich euch auch Beine machen?«

Er öffnet bei seinen Worten die Jacke, und so können sie seinen Revolver sehen.

Doch auch sie sind bewaffnet. Sie tragen ihre Revolver in Schulterholstern.

Und man sieht ihnen an, dass sie sich jetzt fragen, ob sie eine Chance haben gegen ihn. Offenbar kommen sie beide stillschweigend zu der Erkenntnis, dass er zumindest einen von ihnen erledigen könnte. Dieses Risiko ist ihnen zu groß, denn sie wissen ja nicht, wer es sein würde.

Und so geben sie nach einem kurzen Blickaustausch und stillschweigender Verständigung auf, gehen an ihm und Samantha wortlos vorbei und durch die Tür hinaus.

Jene Helen Hendersohn aber spricht heiser: »Wenn Sie bar zahlen, bin ich sofort unterwegs. Ich lasse mich mit einem Boot über den Strom bringen und nehme die erste Postkutsche zur Bahnstation in Kentucky.«

»Dann schreiben Sie mir den Kaufvertrag aus und übergeben Sie mir auch die Werftrechnung, die der vorherige Eigentümer nicht bedienen konnte.«

Nach diesen Worten öffnet Oven Quaid seine Weste und auch sein Hemd und holt den Geldgürtel hervor, den er auf dem bloßen Leib trug.

Nun wirkt seine Taille noch schmaler. Helen Hendersohn sieht auch einen Moment seinen Waschbrettbauch, bekommt schmale Augen und erinnert sich vielleicht in diesem Moment an jene Zeit, da sie noch jung, schön und begehrenswert war, so wie die grünäugige Schöne, die mit Oven Quaid kam und alles schweigend, aber mit erkennbarer Zufriedenheit beobachtet.

Ein Mann kommt herein und verhält in der offenen Tür.

Helen Henderson nickt dem Mann zu und wendet sich wieder an Oven Quaid. »Das ist Kelly, mein Vormann«, spricht sie. »Ich überschreibe ihm und den anderen Arbeitern die Werft. Er wird Ihnen die Mary Queen übergeben. Sie müssen nur eine Mannschaft an Bord bringen. Es ist bereits Brennholz für die Kessel an Bord. Soll schon angeheizt werden, sodass Sie sofort in den Strom gehen können?«

»Ja, das wäre gut.« Oven Quaid nickt. »Ich werde noch heute zur Landebrücke eines Lagerhauses verholen und die River Queen mit Ladung füllen.«

Er blickt zum Vormann hin, der erwartungsvoll neben der offenen Tür verharrt.

»Kelly«, sagt er mit einem Klang von Zufriedenheit in der Stimme, »ich möchte von Ihnen noch etwas erledigt haben. Ändern Sie den Namen der River Queen. Sie soll ab sofort River Shark heißen. Das lässt sich gewiss in den nächsten zwei oder drei Stunden erledigen. Bis dahin bin ich mit einer Mannschaft zurück. Und auch in den Kesseln wird dann wohl genug Druck sein – oder?«

Kelly nickt heftig. »Das wird alles erledigt, Mister. Und wir freuen uns alle, dass Mrs Hendersohn sofort die Flucht ergreifen kann. Aber wir – ich meine die Belegschaft der Werft – sind sechs Mann und werden uns dem Trust unterwerfen müssen. Doch wir alle sind erstklassige Schiffsbauer. Der Trust braucht uns und muss uns auskömmlich leben lassen. River Shark ist ein guter Name für einen Steamer mit zwei Kanonen. Es ist auch genügend Munition an Bord. Ihr Vorbesitzer wollte den Kampf mit dem Trust aufnehmen. Aber sie haben ihn ermorden lassen als abschreckendes Beispiel für die anderen Kapitäne und Eigner. Sie werden verdammt gut aufpassen müssen, Sir. Auch auf Ihre Frau. Der Trust geht über

Leichen und bricht jeden Widerstand. Sie brauchen eine gute Mannschaft.«

»Ich weiß, Kelly, ich weiß.«

4

Es ist drei Tage später, am 17. Juli 1866, als die River Shark voll beladen in den Strom geht mit einer Mannschaft, die zumeist aus Männern besteht, deren Eigner oder Kapitäne ihre Mountain Boats verloren haben, weil sie sich nicht dem Trust unterwarfen.

Einige dieser Männer kennt Oven noch aus der Zeit, als er mit seiner ersten River Shark auf dem Mississippi Konterbande fuhr.

Sie haben nicht nur wertvolle Ladung an Bord, sondern auch dreißig Kabinenpassagiere und drei Dutzend Deckpassagiere, die sich zwischen den überall aufgeschichteten Brennholzstapeln ihre Plätze suchen mussten und die nächsten Wochen – ja, Wochen – auf der langen Reise nach Montana hinauf unter freiem Himmel verbringen werden. Dabei wird sie der Qualm aus den beiden Schornsteinen Tag und Nacht räuchern, wenn der Wind ungünstig bläst und stärker ist als der Fahrtwind. Denn die River Shark schafft nur etwa sechs Meilen gegen die Strömung, obwohl in ihren Kesseln der Druck von fast hundertsechzig Pond herrscht.

Samantha steht an diesem Tag im Ruderhaus neben Oven und lauscht aufmerksam dessen Erklärungen, denn sie will ihm möglichst schnell eine ebenbürtige Partnerin werden, die solch ein Boot steuern kann. Aber dies zu lernen ist die geringste Schwierigkeit. Schwieriger ist es, sich in den Strom hineinzudenken, ihn richtig zu verstehen.

Das wird einige Jahre dauern und kann nur auf vielen Fahrten erlernt werden.

Denn der Missouri, dessen oberer Teil Big Muddy genannt wird, besonders auf der Strecke von Fort Buford bis Fort Benton, ist ein höllischer Fluss, der sich ständig verändert. Es gibt immer wieder neue Sandbänke und Untiefen, Seitenarme und Riffe.

Selbst die erfahrensten Flusslotsen stoßen immer wieder auf unerwartete Schwierigkeiten und Veränderungen.

Den Missouri zu befahren, dies erfordert ein Wissen über den Strom, das mit der Wissenschaft vergleichbar ist, die sich die Kapitäne auf den Weltmeeren aneignen müssen, Walfänger zum Beispiel oder Kap-Horn-Umsegler.

Und was die Piraten der Meere sind, das sind zu beiden Seiten des Missouri die Indianer.

Und der Journalist Albert Richardson schrieb im Jahre 1857: »Der breite Strom ist unpoetisch und abstoßend, ein Strom aus fließendem Schlamm, mit Stämmen abgestorbener Bäume und von Sandbänken unterbrochen.«

Aber so wahr die Beurteilung jenes Journalisten auch sein mag, ist der Missouri dennoch ein gewaltiger Strom, sich windend durch ein wildes Land, das noch längst nicht erobert ist von den Weißen und zum größten Teil noch den Indianervölkern und mehr als fünfzig Millionen Büffeln gehört. Und Letztere werden in den nächsten Jahren allein wegen ihrer Häute vernichtet werden.

Die River Shark erreicht vier Stunden später St. Charles. Der Ort liegt stromaufwärts, fünfundzwanzig Meilen von Saint Louis entfernt, und an der Landebrücke hängt das Postzeichen an einem Mast. Es ist die hochgezogene Flagge der US-Post. Und wenn sie hochgezogen ist, dann muss das nächste stromauf kommende Dampfboot anlegen und Post nach Norden übernehmen.

So verlangen es die Regeln.

Die River Shark geht also für einen Moment an die Landebrücke. Aber es werden keine Postsäcke an Bord gegeben. Stattdessen springen zwei Männer herüber, die sich von Anfang an herausfordernd benehmen. Einer ruft dem Bootsmann zu, der das Festmachen an der Landebrücke beaufsichtigte: »Wir bleiben an Bord bis Osage River. Ist der Eigner an Bord oder nur der Kapitän?«

»Oben im Ruderhaus«, erwidert der Bootsmann Pete Benteen und hat schmale Augen bekommen. »Der Eigner ist zugleich auch Kapitän.«

Sie grinsen den Bootsmann an und steigen vom Hauptdeck zum Kabinendeck hoch und von diesem hinauf zum Sturmdeck, verharren am Fuß des Ruderhauses, blicken empor.

»He, wir haben mit Ihnen zu reden«, ruft einer halblaut.

Oben am steilen Niedergang vom Ruderhaus herunter zum Hurricandeck, auf dem ja auch die beiden Kanonen stehen, zeigt sich Oven Quaid.

Und er fragt mit trügerischer Freundlichkeit: »Um was dreht es sich, Gentlemen? Wenn Sie einen Kabinenplatz haben möchten, dann muss ich Ihnen sagen, dass alles belegt ist. Warten Sie an Land auf einen anderen Steamer stromauf.«

Aber sie grinsen zu ihm hoch. Ihr Sprecher sagt ziemlich grob: »Mann, kommen Sie herunter, damit ich nicht so laut mit Ihnen reden muss.«

Oven Quaid gehorcht. Hinter ihm zeigt sich Samantha im Ruderhaus. Doch sie folgt Oven nicht auf die steile Treppenleiter, verharrt aufmerksam.

Quaid aber tritt sehr nahe an die beiden Anbordgekommenen heran, die ihre Jacken offen tragen, sodass man die Kolben ihrer Revolver aus den Schulterholstern ragen sieht.

Ja, es kamen zwei Revolvermänner an Bord. Einer ist hager, fast dünn. Aber seine Handgelenke sind breit wie die eines Schwertkämpfers.

Der andere Mann ist größer, aber ebenfalls hager. Er hat die Daumen an die Westentaschen gehängt, dicht neben den Kolben seiner Waffen. Es ist eine Brokatweste. Auch seine Jacke, die er weit aufgeschlagen trägt, ist von bestem Tuch.

Diese beiden Männer sind keine drittklassigen Revolverschwinger. Nein, sie sind zumindest eine ganze Klasse höher einzustufen.

Und weil Oven Quaid sich auskennt, weiß er, dass er so genannte »Statthalter« des Trusts an Bord bekommen hat.

Dieser zweite Mann, dessen Augen so starr wie Fischaugen anmuten, grinst und zeigt gelbe Zähne wie ein Wolf.

»Diesen Steamer kennen wir noch nicht«, spricht er, »jedenfalls unter diesem Namen nicht. Ist das vielleicht die ehemalige River Queen, die von der Henderson-Werft überholt und mit zwei Kanonen versehen wurde?«

»Und wenn?« Quaid fragt es freundlich.

»Dann haben wir diesen Steamer noch nicht auf unserer Liste. Und er hat auch nicht die Flagge der Vereinigung am Mast. Deshalb wollen wir Ihnen solch eine Flagge verkaufen. Sie kostet tausend Dollar und gilt bis hinauf nach Fort Benton, garantiert Ihnen Schutz und Hilfe, auch die Versorgung mit Feuerholz unterwegs an allen Holzplätzen.«

Der Mann holt nach diesen Worten ein zusammengefaltetes rotes Tuch aus der Jacke hervor. Es mag auseinander gefaltet etwa doppelt so groß wie ein Schnupftuch sein.

Aber als er es Quaid hinhält, da nimmt dieser es nicht an, sondern schüttelt den Kopf.

»Nicht mit mir«, spricht er ruhig. »Und jetzt solltet ihr verdammt schnell mein Boot verlassen. Ich bin ein freier Eigner und Kapitän und will das auch bleiben.«

»Dann sind Sie ein verdammter Narr. Und dann könnte Ihnen eine Menge passieren. Wenn Sie sich dagegen der Vereinigung anschließen, genießen Sie alle Vorteile des Monopols, das …«

»Halten Sie Ihren Mund, und verlassen Sie meinen Steamer.«

Quaids Stimme klingt nun härter, aber die beiden Besucher grinsen stärker.

»Dann wird die Vereinigung Sie bestrafen, Sie

Narr. Offenbar sind Sie zu dumm, um zu begreifen, dass man durch ein Monopol auf alles konkurrenzlos die Preise bestimmen kann, sei es auf Frachten, sei es auf Personenbeförderung. Die Vereinigung duldet keine Preisbrecher. Sie müssen sich unterwerfen.«

Als der Mann verstummt, legt Quaid den Zeigefinger gegen den Mund, als wollte er zu verstehen geben, dass er eine leise Unterhaltung führen möchte.

Er tritt dabei auch näher an die beiden sich so großspurig gebenden Besucher heran. »Ich will Ihnen etwas sagen«, flüstert er.

Dann aber ist er nahe genug.

Die beiden Kerle stehen vor ihm dicht nebeneinander, haben sozusagen zwischen sich Tuchfühlung.

Seine langen Arme schnellen hoch. Er ist einen halben Kopf größer als die Männer der Vereinigung. Ihre Köpfe werden von ihm zusammengeknallt. Er kennt keine Gnade oder Schonung, denn schließlich kamen die Kerle an Bord, um ihn zu erpressen und für einen roten Lappen tausend Dollar zu kassieren. Und das würde nur der Anfang sein. Er würde sich in den Fängen der Vereinigung befinden und fortan deren Befehle befolgen müssen.

Die beiden Kerle verlieren für einen Moment die Besinnung. Sie würden zusammenbrechen, zumindest auf die Knie fallen.

Doch er fängt sie rechts und links mit seinen starken Armen in Höhe ihrer Hüften auf, schleift sie zum Rand des Sturmdecks und wirft sie mit einem Kraftausbruch über Bord in den Missouri hinunter.

Sie fallen tiefer als vier Yards und klatschen hart aufs Wasser.

Die Strömung nimmt sie sofort mit. Fast versinken sie, doch dann beginnen sie zu strampeln. Hier so nahe an der Landebrücke ist der Big Muddy nicht tief. Als sie endlich mit den Füßen Grund finden, reicht ihnen das Wasser kaum bis unter die Achselhöhlen. Und immer dann, wenn sie etwas Fuß auf den schlammigen Grund gefasst haben, werden sie von der Strömung wieder umgerissen.

Wahrscheinlich würden sie wilde Flüche und Verwünschungen brüllen, aber sie schlucken immer wieder Big-Muddy-Wasser.

Oven Quaid blickt zum Ruderhaus hinauf, wo Samantha zu sehen ist. Sie hält ein Gewehr in den Händen, von denen noch einige im Ruderhaus in den Halterungen stehen.

Er weiß, dass Samantha geschossen hätte, und so verspürt er ein dankbares Gefühl.

Denn auf diese Frau kann er sich verlassen. Entschlossen griff sie sich eines der Gewehre aus dem Ständer, in dem eine schwere Sharps, zwei Spencer-Karabiner und eine Winchester zur Verfügung stehen.

Nun nickt sie ihm zu. »Das hast du gut gemacht, Oven!« Sie ruft es grimmig und triumphierend zugleich.

Er winkt ihr kurz zu und tritt an den Rand des Sturmdecks, ruft zum Bootsmann an der Gangway hinunter: »Losmachen, Benteen!«

Als er wieder bei Samantha im Ruderhaus ist, steht sie am Ruder und gab bereits den Befehl hinunter zum Maschinenraum. Und so beginnt das mächtige Schaufelrad zu drehen und das klatschende Geräusch zu erzeugen.

Die River Shark geht wieder in den Strom. Oven überlässt Samantha das Ruder, verharrt nur neben ihr. Er verspürt immer noch ein Gefühl des Stolzes auf diese Frau.

In den vergangenen vier Stunden auf den fünfundzwanzig Meilen stromauf hat sie gelernt, wie man die River Shark gegen die Strömung steuert. Sie macht es mit feinem Gefühl und erkennt ständig die günstigste Möglichkeit, sich gegen die Strömung zu behaupten.

Denn es gibt da und dort Untiefen und Strudel. Der Strom ist mächtig breit mit Inseln und Untiefen. In einem dieser Inselkanäle kommt ihnen ein Steamer entgegen, der böse mit dem Dampfhorn tutet, so als fürchtete er, gerammt zu werden.

Doch Samantha zieht an der Dampfhornleine und tutet zurück.

Und so hört sich die gegenseitige Tuterei plötzlich wie ein Begrüßen an.

Die beiden Steamer rauschen im Gegenverkehr dicht aneinander vorbei, fast so dicht, dass man hinüberspucken könnte.

Der andere Steamer ist die Morning Star. Aus ihrem Ruderhaus beugt sich der Oberkörper eines Mannes, dessen Stimme mächtig dröhnt und das klatschende Hämmern der Radschaufeln durchdringt und übertönt.

»Hoiiii, was ist das für ein neues Boot?! Wer seid ihr?«

»Das ist die ehemalige River Queen. Und ich bin Oven Quaid. Wer seid ihr?«

»Ich bin Hank Stone! Mir gehört das Boot, und ich scheiß auf die Vereinigung! Oder hat sie dich schon unter Kontrolle?«

Das Gebrüll bricht ab. Für Oven Quaid hat es keinen Sinn mehr, etwas zurückrufen zu wollen. Denn die Boote sind schon zu weit auseinander. Das Rattern der drehenden Schaufelräder übertönt alles. Und sie konnten oder durften in dem engen Kanal zwischen den Inseln ihre Fahrt nicht verlangsamen, um nebeneinander auf gleicher Höhe zu bleiben. Die Strömung hätte sie aus der Richtung gedrückt.

Oven blickt zur Seite auf Samantha, die jetzt angespannt stromauf blickt, voll konzentriert gegen die Strömung ansteuert.

Aber er spricht dennoch zu ihr: »He, Grünauge, hast du es gehört? Er heißt Hank Stone und macht einen Haufen auf die Vereinigung. Es gibt also noch andere Kapitäne, die sich nicht dem Trust unterwerfen, Partikulierer.«

»Die gibt es überall auf dieser Welt auf allen Gebieten, Oven. Und nur die Mutigen und Stolzen unterwerfen sich nicht.«

Sie ruft es mit einem Klang von Stolz und Trotz in ihrer sonst so melodischen Stimme. Und etwas leiser fügt sie mehr für sich selbst hinzu: »Und ich bin stolz auf dich, Oven Quaid.«

Sie steuert nun die River Shark aus dem Kanal hinaus in den hier wieder breiten Strom. Sie lassen die Inseln mit den engen Kanälen hinter sich.

Pierce Callum, ihr Steuermann, kommt herauf.

Er ist ein dunkler, indianerhafter Typ, und er grinst zufrieden. »Diesen Hank Stone kenne ich«, sagt er laut genug. »Der ist zum Widerspruch geboren. Und der würde sich auch Salz statt Zucker in den Kaffee tun, wenn man ihn zum Zucker zwingen wollte. Ich übernehme jetzt das Ruder für die nächsten vier Stunden, Ma'am. Sie haben verdammt schnell gelernt.«

Er blickt auf Oven Quaid. »Skipper, es wird eine helle Nacht. Bleiben wir im Strom? Wir müssen mit Kanonenbooten der Vereinigung rechnen. Von denen dürfen wir uns in den nächsten Tagen und Nächten nicht einholen lassen. So erging es der Beauty Mary, auf der ich Pilot war. Sie schossen uns in den Backbordkessel. Als der explodierte, platzte die Beauty Mary wie eine Seifenblase. Ihre Reste liegen jetzt noch etwa fünfzig Meilen vor Fort Buford in den Klippen. Aber die schöne Mary hatte ja auch keine Kanonen an Bord. Bei uns würde es anders sein, nicht wahr? Und darauf freue ich mich.«

Pierce Callum verstummt grimmig. Samantha überlässt ihm das Ruder und fragt dabei: »Sie hatten Freunde auf der Beauty Mary, Mister Callum?«

»Aaah, Ma'am, sagen Sie einfach Pierce zu mir. Ja, mein Bruder war der zweite Pilot. Und der Kapitän war unser Vater.«

Er hält nun das Ruderrad mit beiden Händen, blickt den Strom hinauf.

Oven und Samantha hören ihn grimmig sagen: »Wenn unsere Kanoniere etwas taugen, dann sieht die Sache diesmal anders aus.«

5

Die River Shark bleibt die nächsten Tage und Nächte im Strom. Denn die Nächte sind fast taghell mit vollem Mond und all den Sternen.

Sie passieren Jefferson City, Glasgow, Lexington, erreichen Kansas City. Hier schiffen einige Passagiere aus, aber dafür kommen andere an Bord. Fast alle wollen hinauf nach Fort Benton, von wo aus viele Wege in die Goldfundgebiete führen, in die Last Chance Gulch zum Beispiel, auch nach Bozeman, Three Forks und zu all den anderen wilden Städten, die aus primitiven Camps entstanden sind und in denen jetzt ein unvorstellbarer Luxus herrscht, weil die Dampfboote alles, was man sich nur denken kann, bis nach Fort Benton bringen.

Denn das Gold macht es möglich.

Im Hafen von Kansas City – Westport Landing – übernehmen sie Feuerholz für ihre Kessel, und so wird für ihre Deckpassagiere der Aufenthalt wieder sehr eng.

Oven Quaid sieht sich das gute Dutzend der neuen Passagiere genau an, und bei einigen kann es durchaus notwendig werden, dass er sie von Bord werfen muss.

Sie passieren in den nächsten Stunden und am nächsten Tag Leavensworth, Saint Joseph und erreichen Omaha, wo bald die Union-Pacific-Eisenbahn den Strom überqueren wird, um weiter über Cheyenne, Laramie und das weite Büffelland nach Westen zu stürmen.

Sie müssen bei Omaha festmachen, denn das Wetter schlug um. Es wird eine schwarze Nacht wie ein schwarzer Riesenmantel, der unter sich alles zu einem Geheimnis werden lässt, über das weite Land und den Strom herfallen.

Sie haben nun seit Saint Louis etwa 690 Flussmeilen zurückgelegt, und die beiden Maschinisten sind froh über den Aufenthalt. Sie müssen einige kleinere Überholungen vornehmen. Denn sie erzeugen ja den Dampf mit Flusswasser in den Kesseln. Und der Missouri ist ein schmutziger Strom, mal lehmig, mal sandig.

Wenn das Wasser verdampft ist, bleibt der Rückstand in den Kesseln und Leitungen zurück bis in die Auslassventile. Und das alles muss wieder gereinigt werden.

Die beiden Maschinisten und Heizer werden mit Helfern die ganze Nacht arbeiten müssen. Doch das ist ihr Job. Und überhaupt hat sich die Mannschaft gut zusammengefunden. Oven Quaid hat einen sicheren Blick für Männer und spürt instinktiv, zu welcher Sorte sie gehören. Er hatte es ja auf den Strömen stets mit der besonderen Sorte von Flussmännern zu tun, auch mit Holzfällern und Flößern.

In den vergangenen Tagen übten auch stets die vier Decksmänner an den beiden Kanonen. Mike Brown, Jake McLorne, Stag Hillderie und Keith Snow waren während des Krieges bei der Artillerie von General Lee Kanoniere.

Es herrscht unter der Besatzung also ein gutes Einvernehmen.

Und zwischen Samantha Donovan und Oven

Quaid ist eine wirkliche Liebe entstanden. Sie verstehen sich oft wortlos, und Samantha lernt ständig, so als wollte sie eines Tages selbst Kapitän sein können.

Aber sie interessiert sich nicht nur für das Boot, den Strom und all die vielen anderen Zusammenhänge, nein, sie verlangt von Oven auch ziemlich energisch, dass er ihr den Umgang mit dem Revolver beibringt und ihr all die Geheimnisse erklärt, die einen Revolvermann zu einem Künstler machen. Und da gibt es tatsächlich Geheimnisse. Es ist ja nicht nur das schnelle Ziehen und treffsichere Schießen. Nein, da sind auch psychologische Dinge im Spiel, das Wissen um den Zustand des Gegners zum Beispiel. Fürchtet er sich, ist er nervös oder strotzt er vor Zuversicht?

Kann man sein Selbstvertrauen erschüttern? Ein Revolverduell ist wie ein Pokerspiel, wenn man mit schlechten Karten durch Bluff gewinnen will.

Und so ist ein Revolverduell auch etwas, was sich im Kopf vollzieht.

Er kann es Samantha nicht besser erklären. Doch sie begreift, dass man Selbstbewusstsein und einen unerschütterlichen Glauben an sein Überleben ausströmen muss. Diese Strömung muss der Gegner spüren. Und das macht ihn vielleicht unsicher und lässt ihn zu hastig reagieren.

Sie gehen beide in Omaha an Land, denn sie wollen sich einmal richtig die Beine vertreten. Das ist an Bord nicht möglich.

Beide tragen nun Regenmäntel, denn das Wetter verschlechtert sich zunehmend. In der Stadt am

Strom gehen die Lichter an, versuchen gegen die Regennacht anzukämpfen, die immer intensiver wird.

Aber sie wandern dennoch vergnügt nebeneinander her. Es gibt einige Geschäfte, deren Schaufenster beleuchtet sind. Oven sagt wie beiläufig: »Samantha, wenn du dich entschließen könntest, mich zu heiraten, dann würde ich dir jetzt diesen Ring da kaufen.«

Er deutet auf die Auslage eines Geschäftes. Denn es ist ein Uhren- und Schmuckladen.

Und der Ring funkelt rot auf dem schwarzen Samt im Lampenschein. Ja, es ist ein wunderschöner Rubin.

Sie blickt ihn von der Seite von unten herauf lächelnd an: »Ist das ein Heiratsantrag, Skipper?«

»Ich kann es nicht besser.« Er grinst auf sie nieder. »Willst du nun den Ring oder nicht?«

»Weil du mich offenbar willst, will ich ihn.«

Sie spricht es ernst. Dann gehen sie hinein.

Der Goldschmied ist klein, zierlich und grauköpfig, ein Mann mit klugen Augen. Obwohl Samantha wegen des Regens einen großen Stetson trägt, dessen Krempe ihr Gesicht beschattet, kann sie ihre rassige Schönheit nicht verbergen.

Und so sagt der Goldschmied: »Dieser Ring ist der Lady angemessen, denke ich. Vielleicht passt er sogar.«

Oven nimmt den Ring und steckt ihn Samantha an.

»Der sitzt richtig«, stellt sie fest. Und zum Goldschmied spricht sie: »Mister, wir haben uns soeben verlobt. Mein zukünftiger Mann konnte mir anders keinen Antrag machen. Aber jetzt machen Sie ihm einen fairen Preis für den Rubinring.«

»Lady, tausend Dollar wären sehr fair.«

Sie sieht wieder lächelnd von der Seite zu Oven hoch.

»Bin ich das wert, Skipper?«

»Hör auf«, stöhnt er und holt Geld heraus. Als er die Scheine hinblättert, zählt sie mit und betrachtet dann noch einmal den Ring im Lampenschein.

Sie wollen nun gehen. Doch dann erblickt Oven in einem Schaukasten einen Revolver. Es ist eine ziemlich kurzläufige Waffe mit einem kostbaren Elfenbeingriff und einem geschlossenen, wunderschön ziselierten Rahmen. Solch ein geschlossener Rahmen erlaubt starke Pulverladungen.

Der Goldschmied sagt lächelnd: »Das ist ein Remington New Navy, Kaliber sechsunddreißig und mit sechzehneinhalb Zentimeter Lauflänge. Ich sollte für einen Kunden den Elfenbeinkolben anfertigen. Der Mann wollte eine edel wirkende Waffe. Aber er kam diese Waffe nicht mehr abholen. Er war ein Spieler, den man am Pokertisch erschoss, wie ich später erfuhr. Es ist eine wirklich edle Waffe durch den kostbaren Beingriff.«

»Ich kaufe sie«, spricht Oven. »Wissen Sie, meine zukünftige Frau übt zurzeit mit einem schweren Männerrevolver. Mit dieser Waffe aber würde ihr das leichter fallen. Wie ist der Preis?«

Der Goldschmied betrachtet Samantha noch einmal aufmerksam, und sie lässt ihn in ihre grünen Augen blicken, die wie Katzenaugen funkeln.

Und da sagt er: »Ich berechne Ihnen nur den Wert des Elfenbeins, fünfundsiebzig Dollar, nicht die Waffe selbst und auch nicht meine Arbeit.«

Er holt den Revolver aus dem Schaukasten und reicht ihn Samantha.

Sie nimmt ihn mit einem schnellen Griff. Und schon von dieser ersten Sekunde an kann man erkennen, wie gut ihr die Waffe in der Hand liegt. Es ist eine kräftige, geschmeidige, wohlgeformte Frauenhand, die befähigt zum energischen Zupacken ist.

Wahrscheinlich hatte auch jener Spieler, der den Elfenbeinkolben machen ließ, solch eine geschmeidige Künstlerhand. Dennoch erwischte man ihn bei einem Kartenzaubertrick.

Samantha nickt Oven zu.

»Ja, sie passt«, spricht sie. »Mit dieser Waffe will ich weiterhin üben. Das ist ein so genannter New Navy Remington?«

Die Frage gilt beiden Männern, aber es ist Oven, der sagt: »Dieses Modell wurde ab 1862 bei der Navy-Küstenwache gebraucht. Ja, es ist ein gutes Modell.«

»Und ich habe dafür auch den Waffengurt mit dem Holster«, spricht der Goldschmied mit einem seltsamen Lächeln und wirkt dabei wie ein Weiser, der in die Zukunft sehen kann.

»Lady, Sie müssten den Gurt nur mal umlegen, denn gewiss muss ich einige neue Löcher einstanzen. Ihre Taille ist doch sehr viel schmaler als jene des Spielers.«

Samantha zögert nicht lange. Sie entledigt sich des Regenmantels, und nun kann der Goldschmied sehen, dass diese wunderschön gewachsene und wohl proportionierte Frau eine schwarze Hose zu einer schwarzen Bluse trägt.

Und solch eine Hose wagen zu dieser Zeit nur sehr selbstbewusste Frauen zu tragen.

In den Augen des Goldschmieds ist nun der Ausdruck von Bewunderung. Ja, der grauköpfige Mann hat sich offenbar in Samantha verliebt wie in ein wunderschönes Kunstwerk, ein Bild, das eine besondere Ausstrahlung hat.

Als sich der Waffengurt als zu weit erweist, nimmt er Maß und verschwindet damit in seiner Werkstatt.

Oven sagt leise: »Der betet dich an. Er wird von dir träumen wie ich auch. Vielleicht hat auch er dich wie ich in seinen Träumen gesehen.«

Samantha lächelt nur.

Der Goldschmied kommt aus seinem Werkstattraum zurück und reicht Samantha den Waffengurt. Beide Männer sehen zu, wie sie sich den Gurt um die Taille schwingt und dann den Schnallendorn ins richtige Loch schiebt.

Der Gurt rutscht ein wenig tiefer bis auf die Hüften. Samantha nimmt die Waffe vom Ladentisch und versenkt sie im Holster, sieht dann Oven fragend an.

»Gut so, Oven?«

»Das werden wir beim Üben noch herausfinden, Samantha.«

Sie nickt und wirft sich mit einer schwungvollen Bewegung den Regenmantel wieder um, bevor noch die Männer ihr dabei behilflich sein können.

Dann lächelt sie den Goldschmied an. »Ich würde gerne Ihren Namen erfahren.«

»Carl Brennan, Lady. Wir werden uns wahrscheinlich niemals wiedersehen. In meiner Erinnerung behalte ich Sie als Black Lady.«

Er bückt sich nach diesen Worten und holt unter dem Ladentisch einen kleinen Lederkoffer hervor. »Das gehört noch zu Ihrer Waffe, Black Lady. Es sind Ersatztrommeln, Kugeln, Pulver und Zündhütchen.«[1]

»Ich bin Ihnen sehr dankbar, Mister Brennan«, spricht Samantha. »Und ich frage mich, warum Sie so nobel und hilfsbereit zu mir sind.«

Brennan hebt die Hand und wischt sich übers Gesicht.

»Sie erinnern mich an jemand«, spricht er dann sehr leise. »Es liegt sehr weit zurück, aber …«

Er bricht ab, zuckt mit den Achseln und wendet sich ab.

»Viel Glück«, hören sie ihn nur noch leise sagen, und sie begreifen, dass sie nun gehen sollten, weil die Erinnerungen in ihm immer mächtiger wurden.

---

[1] Anmerkung: Es gab zu dieser Zeit noch keine Revolver, die mit fertigen Patronen geladen werden konnten, wie es oft fälschlich in Westernfilmen dargestellt wird. Es gab damals nur den Perkussionsrevolver, dessen Trommel herausnehmbar war und so gefüllt werden konnte. Die Trommelkammern waren zum Hahn hin geschlossen, und vor dem Hahn saßen auch die Zündpistons, auf die man die Zündhütchen setzen musste. Wenn solch eine Perkussionswaffe also leer geschossen war, musste man die leere Trommel gegen eine gefüllte austauschen und neue Zündhütchen aufsetzen. Zum Perkussionsrevolver gehörte folgendes Zubehör: Pulverflasche, Zündhütchen, Rund- und Spitzkugeln, Kugelzangen und Ersatztrommeln.

Als sie das Geschäft verlassen, peitscht der Regen auf sie nieder.

Und so beeilen sie sich, wieder an Bord zu kommen.

Nur einmal spricht Samantha: »An wen oder was erinnere ich ihn, an eine Frau oder an eine Tochter? Oder an ein Geschehnis, das er nicht vergessen kann? Wie alt er wohl ist?«

»Gewiss fast sechzig Jahre. Und fast alle Menschen haben Erinnerungen, die sie nie vergessen können.« Oven Quaids Stimme klingt ernst und mitfühlend.

6

Das Unwetter ist am nächsten Morgen abgezogen. Die River Shark geht noch vor Sonnenaufgang wieder in den Strom.

Die nächste Anlegestelle mit einem Holzplatz ist Sioux City, und dort beginnt bereits das Land der Dakota, der Sioux-Stämme. Vom Omaha bis Sioux City sind es 175 Flussmeilen. Selbst bei gutem Wetter wird die River Shark dreißig Stunden brauchen, wahrscheinlich jedoch zwei Tage und zwei Nächte. Und dann darf es keinerlei Zwischenfälle geben. Sie dürfen auf keiner Sandbank oder auf keiner Klippe festsitzen. Es darf ihnen kein treibender Baumstamm ein Leck reißen. Und es dürfen auch keine Überfälle von Indianern oder Flusspiraten stattfinden.

Sie wissen nicht, dass etwa acht Stunden später ein

starkes Dampfboot mit zwei Kanonen bei Omaha anlegt und nach der River Shark fragt.

An Bord dieses Kanonenbootes – es ist die War Eagle – ist eine starke Mannschaft von Revolverschwingern und Gewehrschützen. Und die Kanoniere waren ebenfalls Artilleristen während des Krieges.

An Bord sind auch jene beiden Statthalter der Vereinigung, die Oven Quaid in St. Charles über Bord warf.

Aber noch ist die War Eagle zehn Stunden zurück.

Oven und Samantha könne es nicht wissen. Wie sollten sie das auch? Aber sie müssen mit Verfolgern rechnen. Die Vereinigung kann es nicht hinnehmen, dass ihre Vertreter über Bord geworfen wurden.

Noch an diesem Tag, der gegen Mittag hell und schön wird, beginnt Samantha auf dem Sturmdeck unterhalb des Ruderhauses mit ihrer neuen Waffe zu üben. Oven korrigiert immer wieder, bis sie endlich den richtigen Sitz des Gurtes herausgefunden haben und Samantha das schnelle Ziehen versucht.

Und auch jetzt gibt ihr Oven ständig Hilfe, korrigiert und macht ihr das richtige Ziehen auch vor.

»Und wann kann ich das schnelle Schießen und sichere Treffen lernen, Oven?«

Sie fragt es ungeduldig.

»In einigen Tagen vielleicht«, erwidert er. »Erst musst du die Waffe nur nach Gefühl ziehen können. Sie muss dir gewissermaßen von selbst in die Hand springen, indes du dich aufs Ziel konzentrierst. Samantha, ich gestehe dir zu, dass du sehr begabt bist und es eines Tages mit jedem Revolvermann wirst aufnehmen können. Doch ich frage mich, warum es dich so sehr dazu treibt, eine Gun Lady zu werden? Denn in letzter Konsequenz bedeutet das, dass du bereit zum Töten sein musst, um selbst überleben zu können. Doch das kann nicht zum Leben einer schönen Frau gehören. Ich werde dich stets beschützen können. Und als Gun Lady musst du innerlich …«

»Schon gut, Oven, schon gut«, unterbricht sie ihn. »Aber ich will dir eine gute Gefährtin sein, die auch an deiner Seite kämpfen kann. Wir sind auf einen Weg gegangen, von dem wir nicht wissen, wie und wo er enden wird. Ich will für alles bereit sein an deiner Seite. Und in meinem Kern werde ich niemals so sehr verhärten, dass unsere Liebe darunter leidet.«

Er sieht sie fest an, und dabei versucht er mit seinem Instinkt in sie einzudringen. Er spürt irgendwie, dass da noch etwas anderes in ihr ist.

Und so fordert er: »Sag mir, was dich antreibt. Sei offen zu mir, verdammt!«

Sie steht dicht unter dem Ruderhaus vor ihm. Oben steuert ihr Pilot Pierce Callum die River Shark, deren Schaufelrad sich patschend dreht und das Boot mit dem Löffelbug gegen den Strom ankämpfen lässt.

Sie sind allein auf dem Hurricandeck, sehen sich in die Augen.

Dann drängt sie sich in seine Arme, um ihm ihren Mund darzubieten.

Erst als sie sich lösen, sagt sie: »Ich habe immer wieder einen bösen Traum, Oven. Ich erlebe dann stets, dass wir in einen Kampf geraten und du meine Hilfe benötigst. Doch ich erlebe niemals in diesem sich wiederholenden Traum, wie der Kampf gegen unsere Feinde ausgeht. Ich weiß nur, dass ich an deiner Seite kämpfen werde. Und deshalb will ich eine Gun Lady werden. Kannst du das begreifen?«

Er nickt langsam, und er weiß nichts zu erwidern. Nur eines weiß er, nämlich, dass sie diesen Traum leichter ertragen können wird, wenn sie eine Gun Lady ist, also ein weiblicher Revolvermann.

Und so begreift er endlich, wie groß ihre Liebe zu ihm sein muss.

Am nächsten Tag gibt es Verdruss an Bord. Einer der männlichen Passagiere wird von einem weiblichen Passagier beim Falschspiel ertappt.

Und ein anderer Mitspieler stößt dem Kartenhai über den Pokertisch hinweg die Faust mitten ins Gesicht, bricht ihm das Nasenbein und schlägt ihm auch die Vorderzähne aus. Als der Falschspieler wieder zu Besinnung kommt, da stehen fast alle Passagiere um ihn und blicken auf ihn nieder.

Und sie alle wissen, dass es ein ungeschriebenes Gesetz auf dem Big Muddy gibt. Es wird ja auf diesen Dampfbooten auf den langen Reisen sehr viel Karten gespielt, zumeist gepokert. Wie anders könnte man sich sonst die Zeit vertreiben? Und so schleichen sich immer wieder gut getarnte Kartenhaie als seriöse Passagiere ein.

Nach dem ungeschriebenen Gesetz der Mountain Boats werden sie, wenn man sie beim Falschspiel erwischt, gnadenlos über Bord geworfen, wo immer unterwegs das auch sein mag.

Falschspieler an Bord eines Missouri Steamers werden wie Pferdediebe behandelt.

Es gibt keine Gnade für sie.

Und so ergreifen ihn einige wütende Passagiere, achten nicht auf sein flehendes Kreischen und schleifen ihn hinaus aufs Kabinendeck.

Er ruft noch wild und verzweifelt: »Gnade, ich habe Frau und Kinder, habt Gnade mit mir!«

Aber sie werfen ihn über Bord.

Oven und Samantha befinden sich zurzeit im Ruderhaus, wo Samantha das Ruder bedient. Sie hat inzwischen eine Menge gelernt, weiß die Strömungen und Wirbel des Flusses richtig einzuschätzen, kann die Untiefen darin erkennen. Und wenn die Sandbänke den Fluss wie Inseln in mehrere Kanäle trennen, dann wählt sie zumeist die günstigste Durchfahrt.

Nun, sie hören also oben den Lärm auf dem Kabinendeck.

Dann fliegt der kreischende Kartenhai über Bord und bleibt schnell in der Strömung zurück, etwa zwölf Meilen in der Stunde. Denn die River Shark schafft sechs Meilen gegen die Strömung, die aber selbst sechs Meilen stromabwärts schafft.

Als Samantha fragt: »Ist das in Ordnung, Oven?«, da nickt dieser.

»Das ist Big-Muddy-Gesetz, Samantha. Er kann schwimmen und wird irgendwo an Land gelangen. Wenn er nicht den Indianern in die Hände fällt, bleibt er am Leben.«

Der Bootsmann kommt herauf ins Ruderhaus.

»Skipper, das war Sly Knox. Er hatte sich gut getarnt, auch die blonden Haare schwarz gefärbt. Aber einer der Passagiere hat ihn dennoch erkannt. Denn seine Linke wurde einmal von einem Messer auf den Tisch genagelt. Die Narbe auf dem Handrücken ist immer noch gut zu erkennen. Was machen wir mit seinem Gepäck? Er kam mit einer Frau an Bord, die mit ihm die gleiche Zweibett-kabine bezog.«

»Ich weiß.« Oven Quaid nickt. »Es ist eine junge und einigermaßen hübsche Frau, die nun ohne Ernährer für sich selbst sorgen muss. Lassen wir ihr alles, was Sly Knox an Bord zurücklassen musste.«

Der Bootsmann Pete Benteen nickt heftig. »Ja, die ist jetzt mit ihm bestraft, obwohl sie unschuldig ist.«

Benteen will sich abwenden, doch dann hält er noch einmal inne. »Übrigens, alles Geld, das Knox besaß, hatte er gesetzt. Wenn er die Runde nicht gewonnen hätte, wäre er blank gewesen. Er musste gewinnen und wandte den Kartentrick an, gab sich einen Flush und brachte so den fünften König ins Spiel. Doch einer der anderen Spieler hatte den Herzkönig schon von Anfang an in seinem Blatt. Es war ein verzweifelter Trick. Alle Könige sind mit einem winzigen Dorn, mit dem sein Fingerring aus-gerüstet war, angeritzt worden.«

Benteen verlässt nun das Ruderhaus.

Oven und Samantha schweigen eine Weile. Dann spricht sie: »Die Frau tut mir Leid. Aber sie glich wohl von Anfang an einer Spielerin, die all ihre

Chips auf ihren Partner setzte. Wird sie an Bord bleiben?«

Oven nickt sofort. »Die Passage ist bezahlt. Hier an Bord hat sie noch fast zwei Wochen Unterkunft und wird versorgt wie in einem Hotel. Sie wird gewiss von Fort Benton aus ins Goldfundgebiet reisen. Dort herrscht Frauénknappheit. Du solltest dir wegen ihr keine Sorgen machen, Samantha. Aber wenn du willst, kannst du ja zu ihr gehen und mit ihr reden. Dann wirst du herausfinden, dass sie für sich sorgen kann.«

Samantha nickt sofort und überlässt ihm das Ruder, klopft wenig später an die Kabine des so plötzlich auseinander gerissenen Paares.

Die junge Frau öffnet und wirkt sehr beherrscht, fragt spröde: »Werde ich nun auch über Bord geworfen, nur weil ich zu ihm gehörte?«

Samantha tritt ein, schließt die Kabinentür hinter sich und lehnt den Rücken dagegen.

In der kleinen Kabine herrscht Halbdunkel, denn die Fenster sind klein. Auf der anderen Seite ist ebenfalls eine Tür, durch die man in den Speiseraum gelangen kann, der außerhalb der Mahlzeiten ein Saloon ist, dessen Tische zu Spieltischen werden. Die beiden Frauen betrachten sich im Halbdunkel.

»Nein«, murmelt Samantha, »Sie müssen nicht von Bord. Ich bin nur gekommen, um zu sehen, ob Sie Hilfe nötig haben.«

»Ich brauche keine Hilfe und komme schon zurecht. Er war gut zu mir. Ich wäre gern an seiner

Seite geblieben, denn ich hatte ein schönes Leben, konnte mich über nichts beklagen. Eigentlich hätte ich ihm über Bord nachspringen müssen, doch da war wohl meine Liebe zu ihm nicht stark genug. Wären Sie ihm an meiner Stelle nachgesprungen? Ich weiß nicht mal, ob er überhaupt schwimmen kann.«

»Doch, er konnte schwimmen«, erwidert Samantha und wendet sich, um wieder zu gehen. Doch dann hält sie noch einmal inne: »Wie ist denn Ihr Name?«

»Harriet Lane.«

»Viel Glück, Harriet«, murmelt Samantha noch und geht.

Nein, sie macht sich keine Sorgen mehr um Harriet Lane.

Als sie wieder oben im Ruderhaus neben Oven steht, fragt dieser: »Nun?«

»Ihr Name ist Harriet Lane, und sie wird einen anderen Mann finden, der für sie sorgt und den sie wahrscheinlich sogar glücklich macht im frauen-armen Goldland von Montana. Ich glaube, dass sie zu jener Sorte gehört, die zwar nimmt, aber auch gibt. Ein dummes Huhn ist sie nicht.«

Er überlässt ihr wieder das Ruder, und als der River Shark ein Baum entgegenkommt, den er frü-her entdeckt als Samantha, da warnt er sie nicht, sondern wartet ab.

Sie steuert die River Shark auch rechtzeitig an dem treibenden Hindernis vorbei und lächelt ihn dann herausfordernd an

Er lächelt zurück und sagt anerkennend: »Gut, dass es dich gibt. So ersparen wir uns einen zweiten Steuermann. Mit solch einem männlichen Steuermann könnte ich nicht zusammen in einem Bett liegen. He, wann heiraten wir?«

»In Fort Benton«, erwidert sie ernst.

Er blickt nachdenklich den Strom hinauf, der hier wieder breit und ohne Inseln oder Sandbänke ist. Hier wirkt der Big Muddy ruhig, mächtig und ganz und gar nicht gefährlich. Doch das ist auch bei manchen Menschen so.

Vielleicht haben sie welche von dieser Sorte an Bord.

Und hinter sich wissen sie die Macht der Vereinigung, dieses mächtigen Trustes, mit dem sie sich anlegten, weil sie frei und unabhängig sein wollen.

Oven Quaid spricht nach einer Weile: »Samantha, die Männer der Besatzung haben sich alle in dich verliebt. Es erging ihnen wie dem Goldschmied in Omaha, der auch ein Waffenschmied ist. Alle Männer, die mit dir zu tun bekommen, verehren dich wie Ritter eine Königin. Sie müssen nur einige Male in deine grünen Augen sehen. Der Goldschmied gab dir einen Namen: Black Lady, weil du schwarz gekleidet warst und rabenschwarzes Haar hast. Du wirst noch berühmt werden auf dem Strom zwischen Fort Benton und Saint Louis.«

»Du solltest nicht so viel Süßholz raspeln, Skipper.« Sie ruft es scheinbar zornig, aber in ihren Augen erkennt er das Vergnügen.

Der Steuermann Pierce Callum kommt herauf ins Ruderhaus, um für die nächsten vier Stunden das Ruder zu übernehmen.

Er sagt: »Ich schlief in meiner Kabine und bekam gar nicht mit, was geschehen ist. Aber ich hätte nicht eingegriffen.«

»Nein, Callum, das wäre auch falsch gewesen. Wir halten uns immer noch an das ungeschriebene Big-Muddy-Gesetz. Was meinen Sie, Callum, werden wir die Nacht durchfahren können?«

»Wir müssen das wohl, Skipper. Denn sonst holt uns ein Kanonenboot des Trustes ein, und wir wären nicht das einzige Rebellenboot, das vom Trust bestraft wird. Wir fahren mit voller Ladung. Ein Kanonenboot des Trustes aber befördert keine Last. Ich denke, wir werden uns bald zum Kampf stellen müssen.«

»Und unsere Mannschaft?« Oven fragt es ernst.

Callum übernimmt von Samantha nun das Ruder und grinst seltsam: »Unsere Männer haben alle noch eine Rechnung mit der Vereinigung offen. Und überdies haben sie sich in unsere Skipperin verliebt wie in eine Göttin. Unsere vier Kanoniere warten nur darauf, dass uns ein Kanonenboot angreift.«

7

Es ist drei Tage später zwischen Vermillion und Yankton am späten Nachmittag, als das Kanonenboot War Eagle hinter ihnen in Sicht kommt.

Ganz plötzlich taucht es um die Biegung herum auf. Doch zuvor schon sahen sie über den Bäumen der bewaldeten Biegung den Rauch.

Die War Eagle fährt mit vollem Dampfdruck. Gewiss drehten die Maschinisten die Ventile fest, sodass der Druck nun an die hundertachtzig Pond beträgt, was natürlich gefährlich für die Kessel ist.

Oben im Ruderhaus versammeln sich Quaid, Samantha, der Steuermann Callum und der Bootsmann Benteen.

Und auf dem Hurricandeck machen bereits die vier Kanoniere die Geschütze feuerbereit.

Auf dem Kabinendeck versammeln sich die Passagiere. Und auf dem Hauptdeck bilden die Deckpassagiere eine Gruppe. Es sind zumeist Glückssucher, die von Fort Benton aus ins Goldland wollen.

Und alle an Bord wissen inzwischen, dass die River Shark sich entweder zum Kampf stellen oder Oven Quaid sich unterwerfen muss.

Oven Quaid tauscht mit Samantha einen kurzen Blick. Dann fragt er die beiden Männer: »Sollen wir uns mit der River Shark ergeben?«

»Niemals, Skipper«, erwidern Callum und Benteen zweistimmig, so als hätten sie es eingeübt.

»Und für unsere Mannschaft verbürge ich mich«, spricht der Bootsmann. »Ich gehe jede Wette ein, dass unsere Kanoniere besser schießen. Wer hält dagegen?«

Samantha lacht. »He, Pete, wenn wir schlechter treffen, können Sie den Gewinn nicht kassieren.«

Sie lachen nun alle, und es ist ein grimmiges

Lachen, nämlich das Lachen von Kriegern, die entschlossen in den Kampf ziehen.

Doch wie sieht es auf dem Kabinendeck und noch eine Etage tiefer auf dem Hauptdeck aus?

Das ist ihre Frage. Aber die Antwort werden sie bald bekommen.

Denn die War Eagle holt mächtig auf und riskiert bei dem Überdruck in ihren Kesseln deren Explodieren. Lange können sie mit diesem Überdruck nicht mehr fahren.

Wer auf der War Eagle auch das Kommando hat, es muss ein Verrückter sein, der wie ein Spieler alles auf eine Karte setzt, um auf Schussnähe herankommen zu können.

Die Passagiere beginnen zu johlen.

Für sie ist das noch ein Wettrennen zweier Mountain Boats.

Die Deckpassagiere auf dem Hauptdeck haben sich auf dem Achterschiff versammelt und tanzen begeistert herum, schwingen herausfordernd die Arme und brüllen.

Auch auf dem Kabinendeck stehen sie achtern auf dem Rundgang an der Reling.

Und für all diese Passagiere ist das Ganze noch eine willkommene Abwechslung.

Aber als die War Eagle immer näher kommt, da sehen sie, dass man dort die Kanone auf dem Vorschiff feuerbereit macht.

Einer der Passagiere ruft plötzlich böse: »Hoiii, das sind Flusspiraten! Die wollen unseren Steamer mit der ganzen Ladung! Ohooo, Leute, das sind Riverbanditen!«

Als der Mann verstummt, brüllen die anderen wild durcheinander. Einer stürmt wütend zum Sturmdeck den Aufgang hinauf und brüllt zum Ruderhaus empor: »Wetten, ihr Schlafmützen dort oben, dass uns dieses verdammte Kanonenboot einholt, wenn die River Shark weiter wie eine Schnecke stromaufwärts kriecht! Macht der River Shark Feuer unterm Arsch, verdammt noch mal!«

Und als der Mann es gerufen hat, da sieht er endlich, dass die Kanone auf dem Achtersturmdeck zum Feuern bereit ist.

Und da begreift er, dass die River Shark sich zur Wehr setzen will und es hier oben auf dem Sturmdeck verdammt gefährlich werden wird beim ersten Treffer, ganz gleich, ob mit Granaten oder Schrapnells geschossen wird.

Der soeben noch brüllende Mann verschwindet hastig wieder nach unten. Es drängt ihn danach, den anderen Passagieren zu sagen, dass die River Shark beim ersten Treffer mit beiden Dampfkesseln in die Luft fliegen wird, denn auch sie dampft schon mit Überdruck gegen die Strömung an.

Die beiden Kanoniere bei dem Geschütz auf dem Achtersturmdeck grinsen sich an.

Es sind Mike Brown und Jake McLorne, und sie sind erfahrene Kriegsveteranen, Exsergeanten und als solche Exgeschützführer.

„Kennst du diesen Brüllaffen, Jake?«, fragt Mike Brown.

»Oh ja, den kenne ich, Mike. Das ist ein Handelsvertreter für Damenunterwäsche. Der versorgt alle Bordelle mit bunten Katalogen und nimmt Bestellungen an. Dem geht jetzt der Arsch auf Grundeis. Was meinst du, Mike, werden wir besser treffen als diese Giftkröte da achteraus? Sie holt mächtig auf.«

»Vielleicht platzt sie, Jake. Dann ergeht es ihr wie den Kröten, denen wir als Jungen Strohhalme in den Hals stopften und dann solange Luft in sie pusteten, bis sie platzten. Oder habt ihr das früher als wilde Bengel nicht gemacht?«

»Doch, schon, Mike, aber das machte mir keinen Spaß. Bei was für einer Horde bist du denn aufgewachsen als Junge?«

Aber Jake erhält keine Antwort, denn Mike ist nun ganz darauf konzentriert, die Zielvorrichtung des Geschützes ständig zu verändern. Die War Eagle kommt nämlich immer näher. In ihren Kesseln muss inzwischen ein gewaltiger Überdruck herrschen. Die Heizer halten in den Feuerbuchsen ein kleines Höllenfeuer in Gang, stochern ständig darin herum, legen immerzu Holz nach. Die beiden Schornsteine des Kanonenbootes stoßen gewaltige Rauchwolken aus.

»Ich möchte fast wetten, dass sie bald platzt.« Jake McLorn grinst er. »Dann brauchen wir nicht mal zu schießen. Dabei würde ich zu gerne mal sehen, ob wir das alte Handwerk noch nicht verlernt haben.«

Er hat kaum ausgesprochen, da feuert die Kanone der War Eagle den ersten Schuss ab. Doch die Granate schlägt fast zwei Dutzend Yards hinter dem Schaufelrad der River Shark in den Big Muddy und erzeugt ein starkes Aufspritzen vom Grunde des Stromes empor.

Unten auf den beiden Decks brüllen und johlen

die Passagiere. Es sind eine Menge harter Burschen unter ihnen, die während des Krieges durch viele Schlachten gingen. Selbst die wenigen Frauen unter ihnen kreischen triumphierend. Denn sie sind nun einmal keine richtigen Ladys bis auf eine, die zu ihrem Mann nach Fort Buford will, der dort als Captain Dienst tut.

Diese junge und hübsche Frau steht etwas abseits, lehnt mit dem Rücken an der Kabinenwand und hält sich die Unterarme gegen den Leib, in dem sie seit fünf Monaten das Kind trägt. Und sie weiß nicht, dass ihr Mann, der Captain einer Schwadron, an diesem Tag und fast genau zu dieser Stunde von den Indianern getötet wird.

Vielleicht aber spürt sie tief in ihrem Kern ein ungutes Gefühl, eine dunkle Ahnung, denn sie wirkt irgendwie angespannt und angsterfüllt.

Eines der Mädchen, das ins Goldland will, um sich dort zu verkaufen, tritt zu ihr und lächelt sie an. »Keine Sorge, Mrs Harris. Es gibt noch einen Vater im Himmel, der die Schwangeren beschützt. Selbst meine Sorte beschützt er. Ich habe mir heute nach dem Frühstück die Karten gelegt. Und sie sagten mir nur Gutes für uns alle.«

»Oh, Miss Nelly, ich danke Ihnen, dass Sie mir Mut machen wollen.«

Mrs Harris hat kaum ausgesprochen, da kracht die Kanone der War Eagle achteraus zum zweiten Mal. Und sie alle an Bord der River Shark hören es heranrauschen.

Aber das Geschoss fliegt über sie hinweg. Der Richtschütze auf der War Eagle hat sich verrechnet.

Das Geschoss schlägt zwei Dutzend Yards vor der River Shark ein. Abermals brüllen und johlen die Passagiere.

Aus dem Ruderhaus ruft Oven Quaids Stimme nun zu den Kanonieren nieder: »He, wie lange wollt ihr noch warten? Soll uns diese Giftkröte mit ihrem Bug ins Schaufelrad fahren können?«

»Geduld, Käpten, Geduld«, ruft Mike Brown zurück.

Und dann erledigt sich die ganze Sache von einer Sekunde zur anderen von selbst.

Denn die War Eagle fliegt in die Luft.

Sie platzt gewissermaßen wie eine Seifenblase, weil der Überdruck ihrer Kessel zu groß wurde, sodass die Erschütterung beim Abschuss der Kanone genügte, um einen der Kessel platzen zu lassen. Und in der gleichen Sekunde explodiert auch der andere Kessel. Alles auf der War Eagle fliegt in die Luft. Das kochende Wasser verbrüht alle, die noch leben. Dampf hüllt das Unglücksboot ein wie dichter Nebel. Man kann von ihm nichts mehr erkennen.

Und die Passagiere der River Shark brüllen und johlen begeistert, tanzen herum. Manche umarmen sich vor Freude.

Und Oven Quaid ruft durch das Sprachrohr in den Kesselraum hinunter: »Hoiii, lasst Dampf ab! Es ist vorbei! Normale Fahrt!«

Die River Shark prustet mächtig und fährt um die Strombiegung, lässt alles hinter sich. Im Ruderhaus schweigen sie eine Weile. Sie sind immer noch zu viert, nämlich Quaid, Samantha, Callum und Benteen.

Der Bootsmann spricht dann kehlig aus, was sie alle denken: »Sie wollten uns umbringen. Auch wir hatten Überdruck in den Kesseln. Die hätten uns nicht mal richtig treffen müssen. Die kleinste Erschütterung hätte genügt. Oh, verdammt, was hatten wir Glück!«

Unter ihnen auf dem Rundgang vor den Kabinen macht nun der schwarze Steward mit der Glocke seine Runde, lässt die Glocke kräftig tönen und ruft immer wieder: »Ladys und Gentlemen, bitte nehmen Sie Ihre Plätze zum Diner ein!«

Sie erreichen vier Tage später Fort Lincoln und übernehmen Brennholz. Und auch hier kommt ein Mann mit zwei Begleitern an Bord, der den Kapitän oder Schiffseigner sprechen will.

Oven Quaid und Samantha Donovan empfangen ihn in ihrer Doppelkabine.

Der Besucher sagt mit trügerischer Freundlichkeit: »Mein Name ist Stap Nelson. Ich vertrete die Interessen der Vereinigung. Ich sehe, dass dieser Steamer noch nicht die Flagge an Mast trägt. Können Sie mir das erklären? Die Unkosten von tausend Dollar für das Recht, der Vereinigung anzugehören, können Sie doch leicht auf die Frachtpreise aufschlagen. Sie sind durch das Monopol der Vereinigung geschützt. Also?«

Quaid grinst den Mann an und erwidert: »Wenn Sie nicht über Bord geworfen werden wollen, dann verschwinden Sie lieber schnell. Die River Shark bleibt ein freies Boot. Und warten Sie nicht auf das Kanonenboot War Eagle. Das gibt es nicht mehr!«

Als er verstummt, starrt ihn dieser Stap Nelson staunend an.

»Das ist aber sehr unklug von Ihnen«, murmelt er. »Die Vereinigung ist bald stark genug, um auch die letzten Rebellen zur Einsicht zu zwingen. Ja, es gibt noch einige wenige Boote, die sich nicht anschließen wollen. Aber bedenken Sie, Kapitän, dass wir gewaltige Gewinne machen, wenn wir das totale Monopol auf alles haben. Das muss Ihnen doch einleuchten. Als Monopolist …«

»Raus hier, Nelson!« In Quaids Stimme ist nun ein Klang, der diesen Stap Nelson endlich warnt.

Und so verschwindet er stumm. Seine beiden Begleiter – es sind Revolvermänner – haben draußen gewartet. Als sie die River Shark verlassen haben und über die Landebrücke an Land gehen, fragt einer: »Was ist, Boss?«

»Habt ihr ihn gesehen?«

»Sicher, Boss. Den haben wir gesehen an der Reling des Kabinendecks.«

»Dann passt auf, wenn er an Land geht. Er wird gewiss an Land gehen. Er hat eine schöne Frau. Vielleicht wird er mit ihr an Land kommen. Dann seht zu, dass sie nie wieder auf die River Shark zurückkehren, denn ein herrenloses Boot ist besser als eines, dessen Eigner sich der Vereinigung nicht anschließen will. Legt ihn um! Macht seine Frau zur Witwe, denn dies wird sie zerbrechen. Wir müssen die letzten Rebellen gegen die Vereinigung vernichten.«

Stap Nelson spricht die Worte voller Zorn und Hass. Denn er fühlt sich gedemütigt.

Als es Abend wird, hat die River Shark einige Fracht und auch Post an Land gebracht und verholt von den Landebrücke des Forts die fünf Meilen weiter stromauf nach Bismark, macht dort fest. Sie können nicht in den Strom gehen und die Fahrt fortsetzen. Denn die Nacht wird rabenschwarz werden, und der Strom hat weiter aufwärts einige tückische Strecken, auch Biegungen, hinter denen immer wieder neue Sandbänke entstehen.

Samantha sagt beim Abendessen in ihrer Doppelkabine: »Bismark ist im Schutz des Forts eine ziemlich große Stadt geworden. Es ist die Hauptstadt von North Dakota, und so wird es dort gewiss einen Friedensrichter geben – oder? Du hast mir einen Heiratsantrag gemacht. Wenn der immer noch gilt, dann sollten wir an Land gehen und den Friedensrichter aufsuchen.«

Er staunt sie an und begreift wieder einmal mehr, dass sie eine Frau ist, die nichts auf »die lange Bank« schiebt, wenn sie sich zu etwas entschlossen hat.

Eigentlich wollte er hier nicht an Land gehen, denn er kann sich ausrechnen, dass dieser Stap Nelson in Fort Lincoln mit den Revolvermännern nur darauf wartet, ihn die Macht der Vereinigung spüren zu lassen.

Doch sie sind jetzt nicht bei dem kleinen Ort im Schatten von Fort Lincoln. Bismark am Ostufer und Mandan am Westufer sind fünf Meilen stromauf gelegen.

Und so schiebt er alle Bedenken in seinen Gedanken zur Seite.

Denn nichts wünscht er sich sehnlicher als Samantha zur Frau zu nehmen, die seinen Namen trägt. Sie sind ja hier in Bismark noch an die tausend Meilen vom Endpunkt ihrer Handelsfahrt entfernt, nämlich Fort Benton, das ein Handelsfort war und nun eine Stadt ist, das Ausfalltor zum Goldland von Montana.

»Du hast Recht, Samantha«, spricht er. »Warum sollen wir noch tausend Meilen warten?«

Als sie das Haus des Friedensrichter verlassen, trägt Oven Quaid die Urkunde in der Innentasche seiner Jacke.

Samantha hat sich bei ihm eingehängt, und so schlendern sie glücklich zum Hafen hinunter, wo die River Shark liegt. Sie können von der etwas höher gelegenen Stadt aus die Lichter ihres Bootes sehen.

Samantha hält inne, wartet, bis er sich ihr zugewendet hat und bietet ihm ihren Mund zum Kuss dar. Sie küssen sich lange.

Einige Männer gehen an ihnen vorbei. Einer sagt mit einem Klang von freundlichem Neid: »Hoiii, so gut möchte ich es auch mal haben.«

Sie lachen und gehen weiter.

»Ich bin jetzt also Mrs Quaid«, spricht sie.

»Und mein Augenstern. Und du fürchtest dich nicht an meiner Seite, weil ich ein Rebell gegen die Vereinigung bin?«

»Nein, Oven, nein«, erwidert sie ganz ruhig und

fest. Und dann fügt sie hinzu: »Ich übe nun schon einige Wochen mit dem Revolver, den du mir geschenkt hast. Bald werde ich dir damit ebenbürtig sein. Dann sind wir unschlagbar.«

Sie haben auf der Hauptstraße einen Weg erreicht, der geradewegs zur River Shark führt. Es sind keine zweihundert Schritte mehr bis zur Landebrücke ihres Bootes.

Zwei Männer treten ihnen in den Weg.

Einer sagt: »He, Kapitän Quaid, wir möchten nicht auf Ihre Frau schießen. Deshalb sollte sie zur Seite treten. Stap Nelson sagte uns, dass Ihre Frau eine Schönheit sei. Wir würden sie gewiss für zumindest tausend Dollar verkaufen können.«

Der Mann hat kaum ausgesprochen, als Quaid seine soeben angetraute Frau ziemlich grob zur Seite stößt. Samantha fällt zu Boden und überschlägt sich fast, so heftig ist der Stoß. Aber noch bevor sie richtig aufschlägt, krachen die Revolver.

Sie bleibt einige Sekunden bewegungslos am Boden liegen, denn sie schlug hart auf, muss nach Luft kämpfen.

Quaid tritt zu ihr und hält ihr seine Rechte hin, um ihr beim Aufstehen zu helfen.

In der Linken aber hält er die noch rauchende Waffe. Ja, sie muss noch rauchen, denn der Schwarzpulverqualm juckt in Samanthas Nase.

Als sie neben ihrem Mann steht, da sieht sie die beiden Revolverschwinger am Boden liegen, hört sie stöhnen. Einer setzt sich auf und ächzt: »Ich habe genug. Schieß nicht mehr.«

Samantha hört Oven knirschend sagen: »Oh, ihr

Narren, ihr hieltet mich für einen Riverman, der mit den Fäusten besser ist als mit dem Revolver. Das war euer Fehler. Und eurem Boss Stap Nelson richtet aus, dass ich ihn platt mache, sollte er mir noch mal in den Weg geraten.«

Er nimmt Samantha an der Hand und setzt mit ihr ganz ruhig seinen Weg zum Boot fort. Samantha aber spricht ziemlich zornig zu ihm empor: »Du hättest deine Frau nicht so brutal zu Boden stoßen sollen. Was wäre, wenn ich mir was gebrochen hätte?«

»Vergib mir«, murmelt er etwas heiser, und sie begreift jetzt erst richtig, wie sehr er in Sorge war, dass ihr etwas zustoßen könnte.

Noch bevor sie das Schiff an der Landebrücke erreichen, kommen ihnen einige Männer auf dem schmalen Weg entgegen. Im Gegenlicht der Laternen und Lampen auf der River Shark erkennen sie den Steuermann, den Bootsmann und einige Männer ihrer Besatzung.

Sie alle sind bewaffnet.

Pierce Callum stößt erleichtert hervor: »Aaah, da sind Sie ja! Als die Schüsse krachten, waren wir sofort in Sorge. Dies ist ein böses Pflaster. Überall sitzen die Statthalter der Vereinigung. Man müsste sie überall ausrotten. Denn ohne diese Statthalter – sie nennen sich ja Interessenvertreter der Missouri-Union – ist die ganze Vereinigung machtlos. Ich sage Ihnen, Skipper, dass man diese Burschen ausrotten muss, will man den Trust besiegen.«

Pierce Callum verstummt überzeugt, fügt dann aber hinzu: »Ich las mal in einem schlauen Buch, dass die Kaiser von Japan in jedem Dorf einen Samurai als Statthalter hatten, der ihre Macht vertrat. Und so will es wohl auch die Missouri-Union – oder wie die Vereinigung sich auch nennen mag. Wenn man nur wüsste, wo sich das Hauptquartier dieser Banditen befindet ...«

Er verstummt grimmig.

Sie haben die River Shark erreicht und gehen an Bord.

In ihrer Kabine tritt Samantha dicht an Oven heran und schmiegt sich in seine Arme.

An seiner Brust flüstert sie: »Oven, wenn ich dich verlieren würde, dann könnte ich zu einer Bestie werden.«

»Soll ich aufgeben und mich unterwerfen mit unserer River Shark? Ich hatte schon mal eine und verlor sie, weil ich Konterbande für den Süden fuhr. Soll ich auch die zweite River Shark aufgeben?«

»Nein«, sagt sie klirrend und legt den Kopf weit zurück, sodass er von oben in ihre grünen, funkelnden Augen blicken kann.

»Weißt du, dass du eine zweite Jeanne d'Arc sein könntest, Samantha?«

»Die war ein einfaches Bauernmädchen, aber sie führte die Franzosen gegen die Engländer und wurde sehr mächtig. Doch dann wurde sie von den Burgundern an die Engländer ausgeliefert und als Hexe verbrannt. Aber ich bin kein einfaches Bauernmädchen und möchte auch nicht als Hexe verbrannt werden. Ich möchte dich lieben, von dir geliebt werden und von dir Kinder bekommen – irgendwann.«

»Dann komm ins Bett.« Er grinst. »Wir haben noch

fast die ganze Nacht vor uns. Und unsere Männer passen auf die River Shark auf.«

Ja, es wird für Samantha und Oven Quaid eine Hochzeitsreise mit einigen Hindernissen und Zwischenfällen.

Bis nach Fort Buford, wo Harriet Lane mit ihrem Kind unter dem Herzen ihren Mann, den Captain einer Schwadron, besuchen will, sind es etwa dreihundert Meilen.

Sie müssen unterwegs dreimal gegen Indianer und einmal gegen Flusspiraten kämpfen, sitzen einmal auf einer tückischen Sandbank fest und werden auch da von Indianern beschossen, als sie sich mithilfe der Spieren und des Dampfgangspills von der Sandbank freistaken.

Es ist ein ziemlich schwieriges Unterfangen, und sie können mächtig froh sein, dass sie die River Shark nicht entladen und alle Passagiere an Land bringen müssen, damit der Steamer wieder Wasser unter sich bekommt.

Doch irgendwann – sie brauchen für die tausend Meilen von Bismark bis Fort Benton fast vier Wochen, denn fast immer müssen sie in den Nächten ankern – sind sie wieder manövrierfähig. Der Strom wird immer gefährlicher, je weiter sie auf dem riesigen Gebirgsfluss hinaufkommen.

Die Stimmung an Bord wird immer mieser. Sie alle gehen sich auf die Nerven. Und so manch einer der Passagiere hat beim Poker seine ganze Barschaft verloren.

Immer wieder muss ein Streit geschlichtet werden. Zwei der männlichen Passagiere tragen einen erbitterten Faustkampf um eines der Mädchen aus, die an Bord sind, um sich im Goldland zu verkaufen.

Dann aber kommt endlich der Tag, an dem sie den großen Felsen erreichen, der den Namen »Citadel Rock« trägt. Hier ist eine der schmalsten Biegungen des Flusses.

Der Missouri ist an dieser Biegung nur 76 Meter breit. Und deshalb ist die Strömung gewaltig. An dieser Engstelle bekommt der Big Muddy einen unwahrscheinlich starken Druck und wird gewaltig zusammengepresst.

Doch die River Shark schafft es. Obwohl schwer beladen, kämpft sie siegreich gegen die starke Strömung an. Ihr Dampfdruck muss nicht einmal übermäßig erhöht werden.

Und als sie hindurch sind, da jubeln die Passagiere, tanzen herum und fühlen sich schon fast auf den Goldfundgebieten in der Last Chance Gulch, im Gallatin Valley oder in Bozeman.

Doch bis Fort Benton sind es noch fast siebzig Meilen. Sie werden noch etwa zwölf Stunden gegen den wilden Strom ankämpfen müssen.

Die River Shark hat außer den Passagieren noch gut zweihundert Tonnen Ladung, und das sind allein viertausend Zentner.

Oven sagt zu Samantha, als sie beide im Ruderhaus stehen und er sie wieder einmal das Boot steuern lässt: »Wenn wir unsere Ladung verkauft haben, könnten wir uns zwei weitere River Sharks leisten. Doch da müsste ich Reeder werden, aber ich bleibe lieber Kapitän, dem das Boot als Eigner gehört. Oder möchtest du es anders haben, schöne Samantha?«

»Nein«, erwidert sie ernst. »Ich liebe das Leben auf dem Strom. Denn es ist ein Leben voller Herausforderungen.«

Als sie das gesagt hat, verspürt er in seinem Kern ein glückliches Gefühl, das in ihm hochzusteigen beginnt, sodass er schließlich mehrmals mühsam schlucken muss.

Was für eine Frau habe ich bekommen, denkt er, was für eine starke Frau!

Als sie Fort Benton erreichen und an einer Landebrücke festmachen, ist es Nacht. Aber die kleine Stadt, die rings um das alte Handelsfort entstanden ist, schläft längst noch nicht. Ein Dutzend andere Steamer liegen hier schon an verschiedenen Landebrücken, sind hell erleuchtet wie auch die Häuser, Hütten und Lagerschuppen der Stadt.

Von Fort Benton aus gehen einige Post- und Frachtlinien nach Sun River und Fort Shaw, nach Helena, Blackfoot, Diamond City, Deer Lodge, Missoula, Bozeman, Virginia City, Phillipsburg und noch einem Dutzend anderer Städte in den Goldfundgebieten, die aus primitiven Goldgräber- und Minencamps entstanden.

Zu zehntausenden strömten die Menschen in den Sechzigerjahren in diese Gebiete, auf dem Landweg von Fort Laramie aus und auf den Dampfbooten, mit denen es ja auch möglich war, die notwendigen

Frachten über die gewaltigen Entfernungen zu befördern.

Das war mit Frachtwagenzügen mitten durch das Indianerland nicht zu schaffen.

Und deshalb liegen jetzt fast ein Dutzend Dampfboote bei Fort Benton fest und warten, bis sie bei der Werft an die Reihe kommen. Denn sie alle müssen gründlich überholt werden. Das schlammige Flusswasser ließ bei der Dampferzeugung zu viele Rückstände in den Kesseln und der Rohrleitungen zurück.

Auch die River Shark muss sich dieser Prozedur unterziehen.

Sie haben erst wenige Minuten zuvor die Leinen festgemacht und das Boot sicher vertäut, als auch schon drei Männer an Bord kommen.

Und so wiederholt sich alles, wie schon einige Male unterwegs, wenn sie anlegten.

Der so genannte »Statthalter« der Vereinigung will sich vorstellen.

Oven Quaid empfängt die »Besucher« an der Gangway, und hinter ihm bilden der Bootsmann und einige Decksmänner eine Gruppe.

Es herrscht von Anfang an eine ungute und drohende Stimmung. Soeben war noch eine Menge Freude an Bord zu spüren, weil man nach der langen Reise endlich am Ziel war. Die Deckpassagiere drängten mit ihrem wenigen Gepäck an Land, kaum dass die Gangway die Verbindung zur Landebrücke herstellte.

Nur die Kabinenpassagiere nehmen sich Zeit. Sie dürfen bis zum nächsten Tag an Bord bleiben, denn es würde nicht so einfach für sie sein, so spät noch in einem der Hotels unterzukommen. Fort Benton wird überfüllt sein. Darauf lassen die vielen anderen Dampfboote schließen.

Nun, der Besucher wirkt sehr stattlich und seriös. Seine beiden Begleiter sind Revolvermänner. Und sie zeigen das ganz deutlich. Einer trägt zwei Revolver im Kreuzgurt.

Ihr Boss spricht trocken: »Willkommen in Fort Benton. Ich nehme an, dass Sie sich mit Ihrem Steamer der Vereinigung angeschlossen haben. Den Wimpel am Mast konnte ich in der Dunkelheit nicht erkennen. Ich will nur wissen, wie viele Tonnen Ladung Sie an Bord haben. Also, Kapitän?«

»Zweihundert Tonnen etwa«, erwidert Quaid mit trügerischer Freundlichkeit.

»Gut«, nickt der so stattlich und seriös wirkende Besucher, und seine beiden Begleiter grinsen zufrieden.

Und alle hören den Vertreter der Vereinigung erwidern: »Sie können für jede Tonne zwanzig Dollar aufschlagen und werden diesen Aufschlag an die Vereinigung abführen. Da wir ein Monopol auf alles besitzen, kann niemand Ihre Frachtpreise unterbieten. Können Sie die viertausend Dollar sofort zahlen? Oder müssen Sie erst die Fracht verkaufen?«

Als er verstummt, ist alles klar für Quaid und dessen Männer.

Quaid fragt mit immer noch trügerischer Freundlichkeit: »Zwanzig Dollar für jede Tonne Fracht? Das ist viel. Kann man darüber noch verhandeln?«

»Nein, Kapitän, wie Sie auch heißen mögen, nein.

Die Vorzüge eines Monopols auf alles sind nicht umsonst zu haben.«

»Und wenn ich nicht zahlen will?«

Quaid fragt es nun sehr ernst und nicht mehr freundlich, eher mit einem Klang von Besorgnis in seiner ruhigen Stimme.

Der Mann stößt ein verächtliches Lachen aus und erwidert: »Dann sind Sie ein verdammter Dummkopf. Denn die Vereinigung beherrscht längst den Strom zwischen Saint Louis und Fort Benton. Wenn Sie noch einer der wenigen Rebellen sind, dann werden Sie mit Ihrem Boot bald zur Hölle fahren.«

Er hat kaum ausgesprochen – und er wippte dabei auf den Sohlen und hatte die Daumen selbstgefällig in die Westentaschen gehakt –, als er Quaids Faust mitten ins Gesicht gestoßen bekommt.

Er fliegt wie von einem ausschlagenden Pferd mit dem Hinterhuf getroffen rückwärts und behindert so seine beiden Begleiter beim Ziehen ihrer Waffen.

Quaid ist mit einem schnellen Schritt bei ihnen und stößt sie über Bord. Sie fallen rechts und links von der Gangway ins Wasser, denn die River Shark liegt ja nicht dicht an der Landebrücke. Es gibt einen Zwischenraum von fast einem Yard, da die Landebrücke von eingerammten Baumstämmen geschützt wird, die ein zu hartes Anlegen auffangen sollen. Ihr Boss liegt auf der Gangway, will hochkommen und hält sich dabei die Hände vors Gesicht, das nie wieder so aussehen wird wie zuvor.

Quaid tritt zu ihm und stößt ihn von der Gangway zu seinen beiden Männern ins Wasser.

Im Schein der Laternen blicken die Männer der River Shark nun hinunter.

Das Wasser reicht den drei fluchenden Interessenvertretern der Vereinigung bis zu den Brustwarzen.

»Ihr werdet bald zur Hölle fahren!« So brüllt einer von ihnen.

Aber ihr Boss stöhnt nur und schaufelt sich mit beiden Händen das kühlende Wasser des Flusses in sein zerschlagenes Gesicht.

Quaid spricht auf sie nieder: »Legt euch nicht noch mal mit Drohungen mit uns an. Denn dann fahrt ihr zur Hölle!«

Sie erwidern nichts mehr, sondern klettern unter der Landebrücke stumm das kaum zwei Yards hohe Steilufer empor.

Oben aber auf der Landebrücke erscheinen von Land her einige Gestalten, die offenbar aus einiger Entfernung zugesehen haben.

Die Männer der River Shark halten ihre Waffen schussbereit.

Aber es ist kein feindlicher Besuch, dies stellt sich schnell heraus.

Einer der Männer ruft herüber: »Hoi, nur nicht nervös werden! Wir wollten nur sehen, ob auch ihr euch Morg Sloane unterwerft. Ihr gehört also zu den Rebellen gegen die Vereinigung und habt unseren ganzen Respekt. Aber was bringt euch das ein? Ihr habt euch mit Kanonen bewaffnet, aber die nützen euch hier gewiss nichts. Denn die Vereinigung hat auch die Werft unter Kontrolle. Ihr bekommt das Boot nicht überholt.«

»Dann überholen wir es selbst!« Quaid ruft es

ganz ruhig und selbstbewusst zurück und reibt sich dabei mit der Linken die schmerzende Faust der Rechten.

Von oben kommen nun einige Kabinenpassagiere mit ihrem Gepäck zum Hauptdeck nieder und drängen sich über die Gangway auf die Landebrücke.

Einer knurrt im Vorbeigehen: »Mann, ich möchte nicht in Ihrer Haut stecken. Ihr habt doch gegen den mächtigen Trust nicht die geringste Chance.«

9

Schon am nächsten Tag spricht sich in Fort Benton herum, was am Abend zuvor bei der Ankunft der River Shark geschehen ist.

Und so kommen immer wieder Neugierige in Gruppen oder einzeln, um sich das Rebellenboot anzusehen und die beiden Geschütze auf dem Sturmdeck zu bewundern.

Die Lademasten der River Shark hieven mithilfe der Dampfwinde Stunde um Stunde die Ladung an Land. Zwei Dutzend Händler, Store- und Saloonbesitzer, auch einige Handwerker fanden sich ein, um zu kaufen, was für sie und ihr Existieren wichtig ist.

Denn es wird alles benötigt: Hufnägel, Hufeisen, Klaviere und Spieltische für die Saloons in den Goldgräber- und Minenstädten, Werkzeuge für die Minen, Feldschmieden, Säcke mit Hülsenfrüchten,

Gewürze, Küchenöfen, Fässer voller Brandy und Wein, Nähnadeln, Zwirn, Stoffe, auch Nachttöpfe, Läusesalbe und andere Medizin, eben einfach alles, was die Menschen brauchen.

Und es spricht sich schnell herum, dass die River Shark faire Preise nimmt. Auf dem Uferweg kommen und fahren immerzu Wagen, die die Einkäufe einladen und wieder verschwinden. Und viele der Käufer fragen, ob sie Bestellungen aufgeben können und es möglich wäre, die bestellten Dinge noch vor dem Winter geliefert zu bekommen.

Samantha ist gewissermaßen in ihrem Element.

Längst hat sie in den langen Wochen unterwegs die Preise festgesetzt anhand der Ladelisten und Einkaufpreise. Deshalb geht alles zügig vonstatten.

Und so kann man nur staunen, wie schnell zweihundert Tonnen Fracht jeder Art, viertausend Zentner also, verkauft sind, weil es nicht nur in den boomenden Städten des Goldfundgebietes an allem fehlt, sondern auch hier in Fort Benton.

In der Eignerkabine haben sie eine große Eisenkiste, die sich mit Geld füllt.

»Das macht Spaß, nicht wahr, Grünauge?« So fragt Oven Quaid einmal seine Frau.

Sie betrachtet ihn ernst und nickt. »Gewiss«, spricht sie. »Doch wir sollten nachdenken und überlegen, ob wir weiterhin gegen die Vereinigung rebellieren wollen. Denn es wird ausarten und sich zu einem blutigen Kampf steigern. Eigentlich haben wir ihn jetzt schon. Können wir ihn gewinnen? Werden auch die anderen Kapitäne und Eigner, die wie wir den Big Muddy hinauffahren und Frachten befördern, mit uns rebellieren und gegen die Macht eines Trustes ankämpfen? Oder werden wir bald allein sein gegen die Mächtigen? Oven, wenn wir weitermachen wollen, müssen wir von unserem Handelsgewinnen eine starke Revolvermannschaft bezahlen.«

Er sieht sie fest an. Und sie erwidert seinen Blick ebenso fest, lässt ihn erkennen, dass sie an seiner Seite sein wird, wie er sich auch entscheidet.

Und so murmelt er: »Samantha, ich kann nicht anders. Ich kann mich nicht unterwerfen, auch nicht erpressen lassen. Sie wollen den ganzen Strom beherrschen, auch die Uferstädte. Sie unterhalten überall diese Statthalter, so wie damals jene japanischen Kaiser, die in jedem Dorf einen Samurai hatten. Samantha, wir werden nicht allein sein. Und unsere River Shark bleibt nicht das einzige Dampfboot mit zwei Kanonen. Darauf wette ich.«

»Gut, dann zeigen wir ihnen die Zähne. Wir überholen hier die River Shark und fahren dieses Jahr noch einmal hinunter bis Saint Louis und holen abermals zweihundert Tonnen Fracht. Gut, Oven, gut!«

Er nickt und tritt zu ihr, nimmt sie in die Arme und spricht: »Wir werden gewinnen. Missouri-Kapitäne sind keine Weicheier. Wir bilden eine Gegen-Vereinigung.«

Es ist zwei Wochen später, als sie die Talfahrt den Big Muddy abwärts antreten.

Sie haben die River Shark überholt, hart gearbeitet.

Ihre Männer konnten die Arbeiter der Werft ersetzen, und so läuft die River Shark wieder »wie geschmiert«, denn so drückt es der Steuermann Pierce Callum aus.

Sie haben als Ladung nur Brennholz, denn flussabwärts werden keine Waren und irgendwelche Güter transportiert. Auch Menschen verlassen zu dieser Jahreszeit – es ist Spätsommer – noch nicht die Goldfundgebiete in der Last Chance Gulch und sonst wo.

Dort wird bis zum Winteranbruch fieberhaft nach Gold gesucht.

Und in den Städten und Camps werden alle Sünden begangen.

Deshalb haben sie nur wenige Passagiere an Bord. Doch unter diesen wenigen Passagieren sind einige, die mit ihrer Goldausbeute gewissermaßen die Flucht aus dem Goldland ergriffen haben, den Goldwölfen – also den Banditen – entkommen sind.

Nun fühlen sie sich sicher an Bord der River Shark, diesem prächtigen Steamer mit zwei Kanonen. Denn inzwischen sind weitere Dampfboote den Big Muddy heraufgekommen, die die Nachricht mitbrachten, die River Shark sei von einem anderen Kanonenboot beschossen worden – der War Eagle, die dann jedoch selbst in die Luft flog, geplatzt wie eine Seifenblase.

Und so glauben sich die wenigen Passagiere mit ihrem Gold auf der River Shark in Sicherheit. Schon der Name River Shark – also Flusshai – flößt ihnen Vertrauen ein. Als Samantha und Oven in diesen Tagen wieder einmal gemeinsam im Ruderhaus stehen und die River Shark mit der Strömung um alle Hindernisse steuern, da fragt Samantha: »Wie viele Kilo Gold haben wir wohl an Bord?«

Er zuckt mit seinen breiten Schultern.

»Schwer zu sagen, Samantha. Sie tragen es an ihrem Körper, verteilt in den Taschen und Goldstaubgürteln. Und es ist schwerer als Sand. Müssten sie damit schwimmen, würden sie ertrinken. Das schwere Gold würde sie auf den Grund des Big Muddy ziehen. Sie könnten sich nicht retten, müssten sie – aus welchem Grund auch immer – von Bord in den Fluss.«

Er verstummt grimmig.

Sie aber fragt: »Doch du liebst diesen Strom, diesen gefährlichen Fluss? Warum eigentlich? Was ist das Geheimnis, der Grund dafür, dass ihr Flussmänner diesen verdammten Fluss so liebt oder zumindest als Herausforderung empfindet?«

Er schweigt noch eine Weile, lässt sie auf seine Antwort warten, aber sie weiß, dass er nachdenken muss, um die richtige Antwort zu finden.

Dann aber spricht er, indes seine starken Hände das Steuerrad halten und sein Blick den Strom ständig erforscht.

»Du bist doch eine geborene Texanerin, die einst ausriss?«

»Mit einem Mann, der sich als Mistkerl erwies. Was soll diese Frage, Oven?«

»Als Texanerin musst du einigermaßen über Cowboys Bescheid wissen. Also, was sind texanische Cowboys für dich?«

Sie muss nicht lange nachdenken. Dann spricht sie: »Es sind die letzten Ritter auf unserer Erde. Sie besitzen einen Ehrenkodex und leben danach. Ihre Freiheit bedeutet ihnen mehr als Besitz und Geld. Sie unterwerfen sich nicht den Mächtigen, aber sie reiten und kämpfen wie Ritter für einen Boss, wenn dieser sie respektiert und achtet und ihren Respekt verdient. Ja, dieser Boss muss sich durch seinen Charakter ständig ihre Treue neu erwerben. Sie müssen zu ihm aufsehen können. Gerecht muss er sein wie ein Patriarch. Sie sind die Nachfolger jener degenfechtenden Kavaliere, die einst nach Amerika kamen. Was soll ich dir sonst noch über Cowboys sagen, Oven? Ich weiß es nicht besser, und vielleicht ist vieles falsch, aber als Texanerin, die in einem Rinderland aufwuchs, sehe ich es nicht anders. Aber was hat das mit euch Rivermen zu tun?«

»Fast alles, Samantha, fast alles. Für uns ist ein Strom wie dieser hier so etwas wie für einen Cowboy die freie Weide. Auf dem Strom sind wir frei. Wir werden immerzu von ihm und der Natur herausgefordert. Und das macht uns zu stolzen Rittern auf den Strömen. Unsere Boote sind für uns wie die Pferde für die Cowboys. Auch ich kann es dir nicht besser erklären. Aber weil das irgendwie so ist, habe ich die Zuversicht, dass es außer mir noch andere Kapitäne gibt, die sich mit uns zu einer Gegen-Vereinigung zusammenschließen werden. Es muss ihnen nur einer vormachen, wie es geht.«

Er hat nun alles gesagt.

Samantha schweigt noch eine Weile. Dann flüstert sie: »Deshalb liebe ich dich. Ja, ihr seid Flussritter.«

Sie kommen stromabwärts sehr viel schneller voran. Der Strom allein eilt schon etwa sechs Meilen die Stunde. Und so fahren sie zumeist mehr als zwölf.

Nur zweimal werden sie von Land aus von Indianern beschossen, und weil sie sehr viel mehr Feuerholz an Bord nehmen konnten als mit vollen Laderäumen auf der Bergfahrt, müssen sie bis Fort Buford keinen der Holzplätze ansteuern, die sich fast alle unter Kontrolle der Vereinigung, also des Trustes befinden.

Manchmal kommen ihnen Steamer entgegen, die von der River Shark inzwischen gehört haben. Denn die Nachricht von ihrem Kampf gegen die War Eagle hat sich in den vergangenen Wochen bis nach Saint Louis hinunter verbreitet.

Immer wieder rufen ihnen die Kapitäne der stromauf fahrenden Boote anerkennende Sätze herüber und lassen erkennen, dass auch sie sich gegen die rücksichtslose Macht des Trustes auflehnen wollen.

Sie schaffen die rund siebenhundert Flussmeilen von Fort Benton bis Fort Buford in weniger als hundert Stunden und legen dort nur kurz an, weil am Signalmast an der Landebrücke das Zeichen hängt, dass sie Passagiere und Post mitnehmen sollen.

Es sind vier Passagiere. Zwei davon sind entlassene Soldaten, einer ein Trapper – und der vierte Passagier ist eine Frau, nämlich jene Mrs Harris, die zu ihrem Mann, jenem Captain Harris, unterwegs war.

Nun will sie wieder zurück nach Saint Louis.

Samantha empfängt sie, und sie sieht sofort, dass die hübsche Offiziersfrau nicht mehr schwanger ist. Auch trägt sie dunkle Trauerkleidung.

»Was ist passiert, Mrs Harris?«

Sie haben inzwischen die Kabine betreten. June Harris wendet sich Samantha zu:

»Die verdammten Indianer haben meinen Mann umgebracht«, erwidert June Harris bitter. »Und ich hatte eine Fehlgeburt. Es war ein Junge. Sein Vater hätte ihn gewiss so gern aufwachsen sehen. Es sollte nicht sein. Ich hasse dieses verdammte Land und kehre zu meiner Familie nach Boston zurück. Zumindest werde ich dort mit meiner Witwenpension nicht betteln müssen.«

Sie hat nun alles gesagt und setzt sich auf den Rand des schmalen Kabinenbettes.

Von dort aus blickt sie zu Samantha empor und murmelt: »Alles ist Schicksal, denke ich. Leider konnte ich nicht verhindern, dass mein Mann nach Fort Buford abkommandiert wurde. Passen Sie nur auf Ihren Mann auf. Es gibt im Fort viele Gerüchte über den Kampf um den Strom. Eine mächtige Interessengruppe will ihn beherrschen und das Monopol auf alles an sich reißen. Überall wird in diesem Land um etwas gekämpft.«

Irgendwann endlich erreicht die River Shark Saint Louis, obwohl sie eine schnelle Fahrt stromab hatte. Es gab keine Zwischenfälle, keine Angriffe. Man könnte fast glauben, der Trust hätte es aufgegeben, etwas gegen die River Shark zu unternehmen. Doch sollte er immer noch vorhaben, die River Shark zu vernichten und den rebellischen Kapitän zu bestrafen – was anzunehmen ist –, dann wird er dies nicht in Saint Louis versuchen. Das würde zu viel Wirbel verursachen. Denn hier in Saint Louis herrscht schon Recht und Ordnung.

Die Besatzung der River Shark bekommt ihre Heuer ausgezahlt, dazu noch eine gute Prämie, und so vergnügen sich die Männer in der lebendigen Stadt am Zusammenfluss der beiden Ströme, die ja eigentlich die Lebensadern dieses gewaltigen Landes sind.

Oven und Samantha Quaid bringen eine Menge Geld zur Bank, deponieren es in einem gemieteten Safe. Es ist ein wirklich großer Gewinn, den sie mit einer einzigen Reise gemacht haben. Sie halten genügend Geld zurück, um all die notwendigen Dinge für die nächste Reise hinauf nach Fort Benton einkaufen zu können. Wieder werden sie an die zweihundert Tonnen Fracht befördern. Diesmal aber wird die Fracht noch wertvoller sein. Denn die festen Bestellungen wurden Händlern aufgegeben, die all die Tingeltangels und Spielhallen beliefern, die im Goldland immer nobler und zahlreicher werden.

Also sind wieder Klaviere, Roulette- und Billardtische, wertvolle Möbel und Stoffe, teure Nachttöpfe und Spucknäpfe an Bord, nur diesmal zahlreicher als auf der ersten Reise. Die Goldfunde in Montana müssen gewaltig sein, denn man protzt in den wilden Städten offensichtlich nur so mit dem Reichtum.

Es ist zwei Wochen später und nun schon Indianersommer, also fast Herbst, als die River Shark ihre zweite Reise stromauf beginnt.

Wahrscheinlich wird sie bei Fort Benton überwintern müssen.

Und die ganzen zwei Wochen geschah nichts Bedrohliches, gab es keine Zwischenfälle. Es scheint überhaupt keine Vereinigung mehr zu geben.

Und so fragt Samantha einmal ihren Mann: »Haben sie es aufgegeben?«

»Nein, gewiss nicht. Der Kampf wird auf dem Oberen Missouri ausgetragen werden. Sie müssen an uns ein Exempel statuieren. Denn wenn wir für die anderen Kapitäne kein Beispiel mehr sein können, werden auch die nicht weiter rebellieren, sie werden zu Kreuze kriechen und der Vereinigung beitreten. He, Samantha, machst du dir Sorgen?«

Sie schüttelt den Kopf, sodass ihre schwarzen Haare nur so fliegen.

»Wir haben zwei Kanonen, eine gute und treue Mannschaft – und ich bin jetzt mit meinem Revolver fast so schnell wie du.«

Sie spricht die letzten Worte halb scherzend und halb herausfordernd.

Ihre grünen Augen funkeln wieder einmal besonders stark.

Aber ihre Gedanken kann er diesmal nicht erraten.

10

Es wird von Anfang an eine schlechte Fahrt stromauf. Denn der Indianersommer verschlechtert sich von Tag zu Tag. Sie können in den Nächten nicht fahren, weil sie zu schwarz und zu dunkel sind.

Es sind kaum Passagiere an Bord, und die wenigen wollen nicht hinauf ins Goldland. Denn dort oben ist der Winter zu hart. Wer dort noch kein Quartier hat und erst noch Gold finden muss, um leben zu können, der ist im Winter ganz bestimmt verloren.

Als sie dennoch trotz des schlechten Wetters ohne Zwischenfälle Yanton erreichen, geht dort der letzte Passagier von Bord.

Doch bei Fort Sully kommen zwei Trapper auf die River Shark, die bis Fort Hawley und von dort in ihr Jagdgebiet wollen. Einer ist ein Halbblutmann.

Dieser halbe Sioux blickt Samantha bewundernd an, als sie im Speiseraum zu Mittag essen. Und weil sie seinen bewundernden Blick abweisend erwidert, da spricht er mit sanfter Stimme, die gar nicht zu seinem Äußeren passt: »Bitte vergeben Sie mir, Ma'am, ich weiß, es schickt sich nicht. Aber ich sah in meinem ganzen Leben noch niemals eine so schöne Frau. Ich bewundere Sie wie ein Kunstwerk.«

»Gut.« Samantha lächelt. »Wenn es so ist, dann sind Sie entschuldigt.« Sie fragt jedoch nach einer Weile: »Wie ist Ihr Name, Mister?«

»Falcon, John Falcon. Wissen Sie, meine Mutter war eine wunderschöne Hunkpapa. Und meinen irischen Vater nannten die Sioux Falke. Pater de Smet, in dessen Mission sie mich in die Schule gehen ließen, taufte mich als John Falcon. Ich fühle mich sehr geehrt, dass Sie nach meinem Namen fragen.«

Sie lächelt noch einmal und nickt dankend. »Sie sind sehr höflich, Mister Falcon.«

Dies ist zwischen ihnen vorerst das einzige Gespräch, und es vergehen drei Tage und drei Nächte. Doch manchmal, wenn sie wie so oft oben auf dem Sturmdeck unterhalb des Ruderhauses mit ihren Revolver übt, da steht er auf dem Aufgang vom Kabinendeck zum Sturmdeck. Nur sein Kopf ragt etwas über das oberste Deck der River Shark empor. Und als das wieder einmal so ist, da tritt sie zu ihm und blickt auf ihn nieder. »Warum beobachten Sie mich, Mister Falcon?«

Er steigt erst die paar Stufen hoch, bis er wie sie auf dem Sturmdeck steht. Aber er hält zwei Schritte Abstand und lächelt. Er hat ein sehr männlich und verwegen wirkendes Gesicht. Seine indianische Mutter muss sehr schön gewesen sein, sein irischer Vater aber ein Mann mit einem harten und kantigen Aussehen. Von ihm hat er gewiss die blauen Augen. Er ist prächtig proportioniert. Und der Name Falke passt zu ihm. Ja, er wirkt wie ein menschlicher Jagdfalke. Dieser Vergleich fällt einem bei seinem Anblick ein.

Sie wartet auf seine Antwort.

Und sie hört ihn nach einigen Sekunden sagen: »Sie sind ein weiblicher Revolvermann. Aber das ist wohl falsch ausgedrückt. Wie müsste es wohl heißen, Gun Lady vielleicht? Ich bin da etwas ratlos. Und überdies frage ich mich, warum Sie eine Gun Lady sein wollen?«

»Weil ich meinem Mann eine gute Gefährtin sein will, Mister Falcon. Und weil wir uns im Krieg mit der so genannten Vereinigung befinden, uns ihr nicht unterwerfen wollen. Ich habe ständig das Gefühl, dass …«

Sie bricht ab, macht dabei eine lässige Bewegung mit der Hand. Es ist ein Abwinken, so als bedauerte sie, sich auf das Gespräch eingelassen zu haben.

Er aber steigt wieder abwärts aufs Kabinendeck hinunter und lehnt sich dort auf die Reling.

Samantha aber begibt sich wieder hinauf ins Ruderhaus. Als sie neben Oven verhält, der das Ruder fest in beiden Händen hält und stromauf blickt, erst noch einem treibenden Baum ausweichen muss, da fragt er, nachdem dies geschehen ist: »Was ist mit dem Trapper?«

»Ich glaube, Oven, der betet mich an. Ja, er sagte mir, dass er mich wie ein Kunstwerk bewundert. Und ich habe nicht das Gefühl, wenn ich in seine Augen sehe, dass er sich mir gegenüber unritterlich benehmen würde. Nein, er ist kein Mistkerl. Mein Gefühl sagt es mir.«

Oven Quaid grinst, behält seinen Blick aber fest stromauf gerichtet.

»Alle männlichen Wesen beten dich an, Samantha. Wer in deine grünen Augen sieht, der ist verloren.«

»Süßholzraspler«, sagt sie nur. »Und jetzt möchte ich die River Shark steuern, sie in meinen Händen spüren. Ich bin doch eigentlich schon ein recht guter Steuermann geworden, oder?«

»Nein«, grinst er. »Du wurdest eine gute Steuerfrau. Zum Glück bist du kein Mann.«

Er überlässt ihr das Ruderrad, verharrt neben ihr und blickt aufmerksam den Strom hinauf. Und beide spüren, wie die River Shark gegen die Strömung ankämpft. Der Strom führt ziemlich hohes Wasser. Weit oben in Montana muss es starke Regenfälle gegeben haben. Und auch der Yellowstone River, der bei Fort Buford dem Big Muddy zufließt, bringt sein lehmgelbes Wasser in ihn hinein.

Die River Shark kämpft wie ein mächtiges Tier gegen die Strömung, vibriert und ist immer wieder schwer zu bändigen, auf Kurs zu halten und durch die engen Kanäle zwischen den Sandbänken oder Riffen zu steuern. Ja, es ist ein ständiger Kampf gegen den gewaltigen Strom.

Sie passieren in den nächsten Tagen Fort Lincoln und die Stadt Bismark, Fort Buford und die Yellowstone-Mündung.

Irgendwann erreichen sie den Holzplatz des Porcupine Creek, und als sie hier anlegen, um für die nächsten fünfhundert Meilen bis Fort Benton noch einmal Holz zu übernehmen, da erwartet sie ein bulliger Mann an der Landebrücke, hinter dem vier andere Männer mit Gewehren stehen.

Sie wirken hart und drohend, so richtig böse.

Der bullige Mann aber ruft zur River Shark hinüber und hinauf zum Ruderhaus: »Ihr braucht gar nicht erst längsseits zu gehen und festzumachen! Hier gibt es kein Brennholz für Steamer ohne den grünen Wimpel!«

»Doch, es gibt hier Holz! Oder seht ihr etwa nicht, dass wir zwei Kanonen an Bord haben? Wollt ihr sie vielleicht mal krachen hören?!«

Oven Quaids Stimme klingt hart und drohend.

Dann macht die River Shark fest.

Die Männer des Holzplatzes rühren keinen Finger, verharren nur und sehen zu, wie die Besatzung der River Shark Holz übernimmt.

Mithilfe des Ladebaumes, der Dampfwinde und des großen Ladekorbes, in dem auch ein Pferd Platz hätte, übernimmt die River Shark in den nächsten zwei Stunden genügend Holz für die Strecke bis Fort Benton. Auch die beiden einzigen Passagiere – John Falcon und der andere Trapper – helfen, als gehörten sie zur Besatzung.

Als Oven Quaid dann den üblichen Festmeterpreis bezahlt, grinst ihn der bullige Boss des Holzplatzes an.

»Die gewaltsame Übernahme des Holzes wird euch wenig Glück bringen. Ihr werdet bald mit eurer River Shark zur Hölle fahren. Der Trust wird an euch ein Exempel statuieren. Und das sage ich euch als der Statthalter der Porcupine Creek Station, ihr verdammten Rebellen.«

Quaid muss an sich halten, um dem bulligen und böse grinsenden Mann nicht die Faust ins Gesicht zu stoßen.

Aber als die River Shark dann die Leinen losmacht und wieder in den Strom geht, steht er mit Samantha im Ruderhaus. Sie spricht zornig: »Überall hat der Trust seine Statthalter, in jeder Stadt, auf jedem Holzplatz. Alles haben sie unter Kontrolle. Doch ich denke, das ist erst der Anfang. Sie werden die Holzplätze wehrhafter machen, vielleicht sogar mit Kanonen. Dann müssen alle freien Kapitäne das Feuerholz unterwegs selbst an Land schlagen. Und das dauert Tage. Wir müssen auch mit Kanonenbooten des Trustes hier auf dem Oberen Big Muddy rechnen. Ja, ich denke, hier auf diesem Teil der Strecke wird der Krieg gegen die freien Steamer ausgetragen werden.«

»Aber erst im kommenden Frühsommer, nicht mehr jetzt so dicht vor dem Winter. Samantha, wir werden in Fort Benton überwintern müssen. Es geht erst im nächsten Jahr richtig los. In Fort Benton werden zumindest ein Dutzend andere Kapitäne mit ihren Booten überwintern. Wir werden uns zu einer Gegen-Vereinigung zusammenschließen, da bin ich mir sicher. Aber zuvor werden wir – du und ich – auf unserer River Shark eine schöne Zeit verbringen. Vielleicht sollten wir mal daran denken, wie es wäre, wenn wir ein Kind bekämen. Oder traust du dich nicht, weil wir einen Krieg um die Freiheit auf dem Big Muddy vor uns haben?«

Er fragt es ernst.

Eine Weile muss er auf ihre Antwort warten, dann aber blickt sie von der Seite her lächelnd zu ihm hoch.

»Oven, ich bin schon im zweiten Monat schwanger. Ich war mir zuerst nicht sicher, doch jetzt weiß ich es. Wir werden mitten im Sommer ein Kind bekommen, sollten wir den Krieg überleben.«

Er kommt nicht mehr dazu, etwas zu erwidern, findet in der nächsten Minute ohnehin keine Worte, mit denen er alles ausdrücken könnte, was ihn plötzlich bewegt.

Sie haben seit dem Ablegen beim Holzplatz Porcupine Creek etwa fünf Meilen stromauf hinter sich gebracht.

Nein, Oven Quaid kommt nicht mehr dazu, auch nur ein einziges Wort zu sagen.

Denn die prächtige, vollgeladene River Shark fliegt in die Luft. Es gibt eine mächtige Explosion im

Kesselraum. Und die Explosion – es muss Sprengstoff sein, der so gewaltig explodiert – lässt auch die beiden Dampfkessel platzen.

Die River Shark wird total vernichtet.

Und der starke Strom nimmt all die Reste von ihr mit, verteilt sie auf den Untiefen und an den Ufern.

Samantha weiß nicht mehr, was mit ihr passiert.

Irgendwann erwacht sie wie aus einem bösen Traum.

Doch je mehr die Erinnerung sich einstellt, desto sehnlicher wünscht sie sich, dass sie nur aus einem Traum erwacht.

Eine Weile liegt sie bewegungslos und mit geschlossenen Augen da.

Hier und da spürt sie Schmerzen an ihrem Körper und erinnert sich an das gewaltige Krachen und wie sie auf dem Wasser aufschlug.

Dann aber ist alles dunkel.

Sie hört das Knistern von Flammen, spürt nun auch die Wärme eines Feuers.

Als sie es endlich wagt, ihre Augen zu öffnen, da sieht sie in das Gesicht von John Falcon, hört dessen Stimme erleichtert sagen: »Da sind Sie ja wieder, Gun Lady.«

Er hält ihr seine Hand hin, hilft ihr so, sich aufzusetzen. Mit beiden Händen wischt sie sich übers Gesicht. Doch als sie die Hände herunternimmt, da ist alles noch so wie vorhin.

John Falcon hat ein Feuer angemacht. Und außer ihm sieht sie noch den Bootsmann Pete Benteen und einen der Kanoniere, Mike Brown.

Doch sie sieht nicht ihren Mann Oven Quaid.

Deshalb fragt sie: »Wo ist mein Mann, der Skipper?«

»Der kann vielleicht weiter unterhalb irgendwo an Land gekommen sein. Wir wurden hier vom Big Muddy ausgespuckt.« Falcons Stimme klingt bitter, aber dennoch ruhig und beherrscht. Es ist sogar ein Klang vom Demut in dieser Stimme, so als würde er etwas hinnehmen, was unabänderlich ist wie das Schicksal, dem niemand entkommen kann.

Und so denkt Samantha mit wiedererwachten Gefühlen und sich jagenden Gedanken: Aaah, er ist ja ein halber Indianer. Die nehmen jedes Schicksal hin, weil sie Naturvölker sind. Vielleicht ist sein Gott der Gott, an den die Dakotas glauben.

Irgendwie kommt sie ohne Hilfe auf die Füße, verharrt schwankend und sieht sich um.

Es ist Nacht, und sie sieht im Feuerschein die Gesichter der drei Männer.

Ihre Kleidung – sie trägt Hosen wie ein Mann und eine kurze Jacke, wie die Flussschiffer sie bevorzugen – ist schon wieder halbwegs trocken. Es ist eine kalte Nacht, aber das große Feuer wärmt. Es brennt unter einem mächtigen Baum, an dem noch das bunte Laub des Herbstes hängt.

»Wir müssen meinen Mann suchen«, verlangt sie.

Doch John Falcon schüttelt den Kopf.

»Die Nacht ist zu schwarz, Lady. Wir könnten ihn übersehen. Wenn er nicht ertrunken ist oder schon tot von Bord fiel, wird er gewiss so wie wir an Land gekrochen sein. Wir suchen ihn beim ersten Tageslicht. Doch zuvor statten wir dem Holzplatz am Porcupine Creek einen Besuch ab.«

Seine sonst so sanft klingende Stimme klirrt nun vor Härte, und so begreift Samantha, dass dieser Mann zwei Seiten hat.

Sie betrachtet die beiden anderen Männer, den Steuermann also und Mike Brown, den Kanonier. Beide sind leicht verletzt, auch etwas verbrüht vom kochenden Wasser der zerplatzten Dampfkessel. Ihre Kleidung ist zerfetzt, und das stellt Samantha auch an ihrer Kleidung fest. Zum Glück trug sie Hosen und eine typische Schiffsmännerjacke.

John Falcon spricht nun weiter:

»Dass die Leute vom Holzplatz uns kein Holz verkaufen wollten und wir uns selbst bedienen mussten, war ein böser Bluff. In Wirklichkeit wollten sie, dass wir ihr Holz an Bord nehmen. Denn in einem dieser großen Holzscheite befand sich der Sprengstoff. Es war ein ausgehöhltes Holzstück, gefüllt mit Schwarzpulver. Sie hatten auf uns gewartet und die Bombe so platziert, dass wir sie an Bord nehmen mussten. Sie hatten uns kommen sehen und Zeit genug, dies vorzubereiten. Ich denke, dass auch noch andere Boote auf diese Art vernichtet werden. Der Trust schlägt erbarmungslos zu. Wir werden uns den Statthalter vornehmen. Gehen wir! Oder wollen Sie sich noch etwas ausruhen, Lady?«

Sie hört seine Worte, reagiert jedoch noch nicht darauf.

Denn in ihr jagen sich die Gedanken und Gefühle.

Sie begreift, dass sie alles verloren hat, wenn Oven Quaid nicht überleben konnte, sondern irgendwo vom Strom tot an Land geschwemmt wurde oder gar schon viele Meilen als Leiche abwärts trieb.

Und so fragt sie sich: Was nun, Samantha?

In ihrem Kern verhärtet sich etwas. Und dann spürt sie ihren Schmerz, der sich in Zorn und aus diesem in Hass wandelt.

Ja, sie möchte zurückschlagen, vernichten, sich rächen.

Der Zorn gibt ihr Kraft.

Sie erhebt sich, verharrt etwas schwankend auf den Füßen und nickt im Feuerschein den drei Männern zu.

»Ja, Gentlemen, besuchen wir die Mannschaft des Holzplatzes.«

Nach diesen Worten macht sie eine kurze Pause und richtet sich noch gerader auf.

»Und vor allen Dingen suchen wir nach Überlebenden. Wir können doch wohl nicht die einzigen Davongekommenen sein.«

Die River Shark hatte sich nach dem Ablegen vom Holzplatz etwa fünf Meilen gegen die starke Strömung stromauf gekämpft. Dann war sie explodiert, in tausend und noch mehr Stücke geplatzt, und alles war dann wieder abwärts getrieben worden.

Also kann der Holzplatz mit der zu ihm gehörenden kleinen Siedlung der Holzfäller nicht sehr weit entfernt sein.

Sie machen sich auf den Weg, bleiben dicht am Fluss, waten manchmal bis zu den Hüften durchs Wasser. Der Grund des Flusses ist hier zumeist sandig. Manchmal kommt der Mond für wenige Minuten durch die Wolken und wirft sein bleiches Licht auf die Erde.

Dann können sie da und dort die Trümmer der

River Shark im Wasser liegen sehen, aber erst hinter einer Landzunge, wo das Wasser dreht und bei Hochwasser die Strudel tiefe Löcher in den Grund saugen, finden sie die ersten Toten. Der Big Muddy hat sie hier hinter der Landzunge ausgespuckt.

Und einer davon ist Oven Quaid.

Ja, er ist tot. Als sie ihn untersuchen, entdecken sie eine tiefe Kopfwunde. Ein harter Gegenstand muss ihn – verursacht durch die Explosion – wie eine Eisenkeule getroffen haben. Auch die beiden anderen Männer – es sind Decksmänner der River Shark – wurden erschlagen von herumfliegenden Eisenteilen.

Die Explosion war erbarmungslos. Und das kochende Wasser der platzenden Kessel konnte ihnen nicht mehr wehtun.

Samantha kniet dann lange neben Oven, nachdem sie ihn an Land zogen.

Sie nimmt gar nicht mehr wahr, dass sie auch die beiden anderen Toten an Land ziehen und neben Oven Quaid legen. Ihr Blick ist nur auf ihren Mann gerichtet, der immer wieder kurz vom Mondlicht beleuchtet wird.

Samantha hält die Hände gefaltet und bewegt lautlos die Lippen.

Die drei Männer hinter ihr warten.

Und dann hören sie Samantha Quaid mit klirrender Stimme sagen: »Wir müssen sie vernichten, diese Mörder. Sie alle, auch die Hintermänner! Ja, wir müssen sie vernichten ohne Gnade.«

Nach diesen Worten erhebt sie sich und wendet sich ihnen zu. Abermals klirrt ihre Stimme, als sie fragt: »Wollt ihr mir helfen? Aber ich sage euch, dass es eine sehr lange dauernde Vernichtung werden wird. Denn wir müssen gegen ein Ungeheuer kämpfen. Dieser Trust ist ein riesiger Krake, ein Tintenfisch also mit gewaltigen Fangarmen, an denen Saugnäpfe sind. Und selbst wenn man einige Arme abschlagen kann, bleiben immer noch genug andere übrig. Männer, ich sage euch, dass es Jahre dauern kann, bis wir diesem Kraken alle Arme abgeschlagen haben. Ich kann euch gut bezahlen, denn ich wurde keine arme Witwe. Über unser Vermögen – es liegt bei der Bank in Saint Louis – kann ich frei verfügen. Ich habe die Mittel für einen langen Krieg. Wollt ihr mir helfen?«

Sie fragt es nun zum zweiten Mal, diesmal noch herausfordernder.

Aus dem Dunkel einiger Büsche tritt eine Gestalt zu ihnen.

Es ist der zweite Trapper. Er kam mit John Falcon an Bord und wollte eigentlich wie dieser bis Fort Hawley mit, also bis zum Muscleshell River. Denn dort ist im Siouxland ihr Jagdgebiet. Dieser Trapper – sein Name ist Earl Mallowe – hat von den Sioux nichts zu befürchten, war er doch mit einer Oglala-Squaw verheiratet, die ihm zwei Söhne schenkte, welche Oglalakrieger wurden.

Dieser Earl Mallowe tritt also zu ihnen und murmelt heiser: »Oh ja, ich habe mit dieser Mörderbande auch noch etwas zu erledigen. Lady, Sie können über mich verfügen, solange wir den Trust bekämpfen.«

Sie alle nicken. Sie sind nun vier Männer und Samantha.

»Wir werden die Toten bei der kleinen Siedlung des Holzplatzes beerdigen«, spricht Samantha heiser.

11

Als sie den Holzplatz und die paar Hütten er-reichen, da graut der kommende Tag schon im Osten. Vor der größten Hütte sitzt der Nachtwäch-ter auf der Bank, lehnt mit dem Rücken an der Wand und hat seinen Kopf so weit gesenkt, dass ihm das Kinn bis zum Halsansatz reicht.

Sein Schnarchen ist hier draußen lauter als die Schnarchtöne der Männer in der Hütte, deren Tür offen steht, um die Kühle der Nacht in die Hütte zu lassen.

Als John Falcon dem schnarchenden Wächter in den dichten Haarschopf greift, da erwacht der Mann und will losbrüllen. Doch Falcon stößt den Hinter-kopf des Mannes hart gegen die Hüttenwand.

Dann gleiten die vier Männer in die Hütte. Gewiss ist ihre grimmige Bitterkeit nur zu verständlich. Ja, sie schlagen erbarmungslos zu, kennen keine Gnade, haben sie es doch mit heimtückischen Mördern zu tun.

Als sie dann in der großen Hütte die Lampe anzünden, können sie die Waffen schnell finden, sich also bewaffnen, denn sie kamen ja unbewaffnet zum Holzplatz am Porcupine Creek, dem Stachel-schwein-Bach.

Earl Mallowe spricht knurrend: »Wir sollten uns ein Frühstück machen. Die Vorratskammer hier ist gewiss gut gefüllt. Habt ihr gesehen, die haben hier an der kleineren Landebrücke eine kleine Dampfpinasse liegen. Damit können wir die Toten herholen. Und um die Holzfällermannschaft müssen wir uns ebenfalls kümmern. Die schnarchen noch drüben in den Hütten, wo auch die Corrals für die Zugochsen sind, mit denen sie die gefällten Bäume zur Sägemühle ziehen. Oh ja, wir bekommen alles in Griff. Und ich bin ein sehr nachtragender Bursche. Ich zahle alles mit Zinsen zurück, Gutes und Schlechtes, verdammt!«

Er ist so richtig böse. Doch das sind sie alle.

Es ist früher Vormittag, als sie Gericht halten. Ja, man kann es wohl nicht anders bezeichnen. Sie halten in einem noch gesetzlosen Land weit entfernt von einem Gerichtshof so etwas wie Gericht.

Denn was könnten sie sonst gegen die Bösen tun?

Der Statthalter des Trustes hier am Porcupine Creek heißt Morg Bullock, und er sagt ihnen, dass sie die Macht seiner Bosse fürchten müssen, wenn sie ihm auch nur ein einziges Haar krümmen würden.

Er brüllt diese Drohung wild und böse heraus.

Seine drei Revolverschwinger und das Dutzend Holzfäller hören schweigend zu.

Und sie hören John Falcon ruhig sagen. »Mann, Sie haben nur eine einzige Chance. Wenn Sie uns verraten, von wem Sie die Befehle bekommen, wem Sie die Einnahmen abliefern müssen und wie das ganze System funktioniert, dann lassen wir Sie vielleicht laufen.«

Der Mann starrt ihn misstrauisch an.

»Meine Männer auch?« Er fragt es heiser.

Doch bevor er eine Antwort erhält, fügt er hinzu: »Ich weiß ja nicht viel. Ich kann Ihnen nur sagen, dass es eine zweite War Eagle gibt. Dieses neue Kanonenboot kommt von Zeit zu Zeit her, um die Einnahmen zu kassieren. Ich bin hier nur ein kleiner Wicht. Ihr müsst euch an die War Eagle II halten. Die vertritt die Interessen des Trustes. Ich bin …«

Weiter kommt er nicht. Denn der Trapper Earl Mallowe hat plötzlich einen der erbeuteten Revolver in der Faust und schießt.

Ja, es ist eine gnadenlose Hinrichtung.

Earl Mallowe hört erst mit dem Schießen auf, als sie alle vier am Boden liegen. Dann ist es eine Weile still. Alles ist wie erstarrt. Das Dutzend Holzfäller steht als dichte Gruppe beisammen. Niemand bewegt sich, keiner sagt etwas. Sie warten nur ab. Und auch Samantha und der Bootsmann Pete Benteen und der Kanonier Mike Brown wirken erstarrt und erschüttert.

Sie alle begreifen, dass dieser Trapper Richter und Henker zugleich wurde.

Und es scheint ihm nichts auszumachen.

Samantha blickt auf John Falcon. Sie kann erkennen, dass dieser mühsam schluckt, und sie möchte bitter und fast entsetzt rufen: »Verdammt, war das richtig?«

Doch dann wird sie sich bewusst, dass sie ihren Mann verloren hat, von dem sie ein Kind unter dem

Herzen trägt. Und dieser ihr Mann ist nun tot. Mit ihm starben noch andere Männer.

Die River Shark wurde auf heimtückische Art und Weise vernichtet.

Haben diese Mörder etwas anderes verdient?

In die Stille fragt die Stimme des Vormanns der Holzfäller: »Und was passiert mit uns? Werden wir auch erschossen?«

»Nein, der Holzplatz gehört wieder euch«, hört sie sich mit heiserer Stimme sagen.

»Ihr seid wieder freie Holzfäller.«

»Aber der Trust wird bald einen neuen Statthalter mit neuen Revolvermännern her senden. Und dann werden wir wieder zu Arbeitssklaven.«

Der Vormann sagt es bitter und fügt nach zwei langen Atemzügen hinzu: »Als sie herkamen, haben sie unseren Boss erschossen, weil der sich nicht unterwerfen wollte. Ja, sie waren Mörder, die nichts anderes verdient haben. Und ihre Bosse sitzen irgendwo bei Saint Louis.«

»Das wird sich ändern, Männer«, spricht Samantha Quaid hart. »Oh ja, das wird sich ändern.«

Sie machen sich am nächsten Tag mit der kleinen Dampfpinasse auf den Weg nach Saint Louis. Einige Male begegnen ihnen Dampfboote, die nach Fort Benton wollen, so wie sie es ja auch vorgehabt hatten.

Doch all diese Steamer haben am Mast den grünen Wimpel der Vereinigung, ein Zeichen der Unterwerfung.

Da ihre Pinasse so klein ist, können sie nicht viel Feuerholz laden, und sie wollen auch möglichst wenige Holzplätze ansteuern. Denn nun, da sie wissen, dass eine neue War Eagle Jagd auf Rebellen gegen den Trust macht, wollen sie sich nicht unnötig in Gefahr begeben. Sie hätten auf dem winzigen Dampfboot keine Chance gegen die War Eagle.

Es ist dann an einem späten Abend, als sie das neue Kanonenboot des Trustes zu sehen bekommen. Ja, sie sehen tatsächlich die neue War Eagle, mit der die Vereinigung den ganzen Strom von Saint Louis bis hinauf nach Fort Benton beherrschen will, um ein Monopol auf alles zu bekommen.

Die War Eagle dampft mit voller Kraft stromauf. Sie werden in der Abenddämmerung von der War Eagle kaum beachtet. Ihre Pinasse ist zu klein, zu unwichtig.

Samantha sagt ruhig zu den Männern in der Pinasse: »Solch ein Kanonenboot lasse ich in Pittsburgh für uns bauen. Und dann beginnt im nächsten Jahr der Krieg.«

Irgendwann in den nächsten zwei Wochen erreichen sie Saint Louis, machen die kleine Pinasse in der Nacht irgendwo fest und machen sich zu Fuß auf den Weg in die Stadt.

In einer der vielen kleinen Speisegaststätten nehmen sie ein spätes Abendessen ein. Die vier Männer richten immer wieder ihre Blicke auf die schöne Frau, deren Ausstrahlung ständig wie ein Zauber auf sie wirkt.

Längst haben sie sich unterwegs neu eingekleidet, denn natürlich leerten sie die Kasse jenes Holzplatzes, dessen Statthalter für die Vernichtung der River Shark verantwortlich war. Es waren mehr als tausend Dollar in dieser Kasse, aber dennoch längst keine Entschädigung für den Verlust der River Shark und deren Fracht.

Tausend Dollar sind nur ein Bruchteil dessen, was der Trust ihnen schuldet.

Nun, sie haben sich also unterwegs in einem Store einkleiden können.

Samantha Quaid trägt wieder schwarz.

Sie erwidert die Blicke der Männer, und als sie in die harten Augen des Trappers Earl Mallowe sieht, da verspürt sie ein ungutes Gefühl. Denn sie hat ja erlebt, wie kalt dieser Mann töten kann, dabei keinerlei Gefühlsregungen erkennen lässt.

Dieser Trapper ist ein kaltblütiger Killer, der zwischen Menschen und jagdbaren Tieren keinen Unterschied macht.

Er verzieht nun den hartlippigen Mund und spricht dann: »Lady, ich weiß, was Sie über mich denken. Ja, ich kann es in Ihrem Blick lesen. Sie halten mich für ein zweibeiniges Raubtier, dem das Töten nichts ausmacht. Doch diese Mistkerle waren heimtückische Mörder. Zu welchem Gerichtshof hätten wir sie bringen können. He, sagen Sie es mir! Wir mussten sie auslöschen. Und ich habe das auf mich genommen und für uns alle die Drecksarbeit verrichtet. Es muss immer jemanden geben, der die Drecksarbeit verrichtet. Oder nicht?«

Er fragt es hart. Sie schweigen eine Weile. Dann

aber spricht der Bootsmann Pete Benteen ruhig: »Ja, so ist es wohl. Auch wir hätten draufgehen können, als die gute River Shark explodierte. Wir konnten diese Kerle einfach nicht davonkommen lassen, basta!«

Sie nicken nun in stillschweigendem Einverständnis.

Dann aber fragt Samantha: »Und ich kann auf eure Hilfe vertrauen?«

Wieder nicken sie.

John Falcon spricht aus, was sie alle denken und fühlen: »Samantha, für uns sind Sie eine Queen, der wir wie Ritter dienen wollen. Wir sind Ihrem Zauber total erlegen. Und überdies wollen wir Rache. Earl Mallowe und ich, wir haben unsere ganze Jagdausrüstung verloren, die wir in den Bergen bis zum Frühling gebraucht hätten, Fallen, Gewehre, Munition, Kleidung, Proviant. Wir hätten in Fort Hawley vier Maultiere kaufen müssen, um all das Zeug in unsere Jagdreviere bringen zu können. Wir haben dem Trust eine Rechnung zu präsentieren. Was also sollen wir tun? Und was werden Sie tun, Samantha?«

Sie blickt fest in die blauen Augen des Mannes, der ja ein halber Sioux ist.

Dann spricht sie zu allen: »Ich muss nach Pittsburgh, genauer gesagt nach Brownsville in Pennsylvania. Dort an einem Nebenfluss des Ohio, dem Monongahela, gibt es eine berühmte Schiffswerft, die die besten Dampfboote für den Missouri baut. Ich weiß das von meinem Mann Oven Quaid, der ein Vollblut-Rivermann war. Es gibt überhaupt dort bei Pittsburgh einige besondere Schiffsbauwerften, weil sich dort schon vor dem Krieg die Schwerindustrie angesiedelt hat. Ich werde mir von meiner Bank hier in Saint Louis einen hohen Betrag nach Pittsburgh überweisen lassen und auch euch genügend Geldmittel geben bis zum nächsten Frühjahr. Denn im Frühjahr werde ich mit der neuen River Shark den Ohio herunterkommen. Ihr erwartet mich Ende April an der Ohiomündung. Und ihr werdet die River Shark sofort an den Kanonen erkennen.«

»Und was sollen wir bis zum Frühjahr tun, Samantha?« John Falcon fragt es ernst und setzt nach zwei Atemzügen hinzu: »Sollte nicht einer von uns mitkommen nach Pittsburgh?«

Aber sie schüttelt den Kopf. Dann spricht sie: »Ihr könnt in den nächsten Monaten eine Menge tun, meine Freunde. Ich will bis dahin wissen, wo die wichtigsten Statthalter des Trustes sitzen, was für Gewohnheiten sie haben und überhaupt alles über sie. Und am Wichtigsten wäre für uns, wenn wir das Hauptquartier des Trustes ausfindig machen könnten, wo die Manager des Trustes sitzen und die Befehle ihrer Bosse im Osten ausführen. Denn es ist doch wohl klar: Irgendwo im Osten sitzen mächtige Magnaten, die sich wie Fürsten fühlen und wie solche herrschen wollen. Deshalb ist es ihr Ziel, eine der wichtigsten Lebensadern unseres großen Landes unter Kontrolle zu bringen und das Monopol auf alles zu besitzen.«

Sie macht eine kleine Pause und fügt hinzu: »Vielleicht sind wir im nächsten Jahr die letzten Rebellen gegen den Trust. Also, ich habe euch alles gesagt. Und morgen erledige ich alles bei der Bank. Ich wurde eine reiche Witwe. Ich kann etwas einsetzen, weil Oven Quaid erfolgreich Konterbande fuhr.«

Sie schlägt mit der flachen Hand auf den Tisch und lässt damit erkennen, dass sie nun alles gesagt hat.

Und die Männer nicken.

Earl Mallowe spricht mit seiner tiefen Stimme ruhig: »Das wird eine ganz besondere Jagd diesmal. Oder nicht, Falcon?«

Dieser nickt, aber er sieht Samantha dabei an. Und die erkennt in seinem Blick, dass der Halbblutmann sie eines Tages wird haben wollen.

Aber das beunruhigt sie nicht. Falcon mag das Siouxblut seiner Mutter in sich haben, doch wahrscheinlich ist er zivilisierter als so mancher Weißer in diesem Land.

12

Die Monate vergehen schnell, und in Brownsville am Monongahela-Fluss wird von der gewiss besten Werft für Big Muddy Steamer die dritte River Shark gebaut.

Sie wird ein Kriegsschiff mit wenig Tiefgang und starken Maschinen, die ein mächtiges Heckschaufelrad antreiben. Und gegen die Kesselverschmutzung wird ein neues Patent eingebaut, das es ermöglicht, den Schmutz und Dreck mit hohem Druck aus den

Kesseln zu blasen, sodass sich Ventile und Kolben nicht so schnell abschleifen können.

Die neue River Shark wird also ein ganz besonderes Mountain Boat.

Und dieses starke Dampfboot bekommt nicht nur zwei Kanonen auf das Sturmdeck montiert, sondern wird überdies auch noch mit zwei Gatlings bestückt, den Vorgängern der späteren Maschinengewehre.

Auch in der Auswahl der Mannschaft beweist Samantha besonderes Geschick.

Und so ist es am 17. April des Jahres 1867, als sie die dritte River Shark an eine Landebrücke der Ohiomündung steuert. Auf der Landebrücke hocken einige Angler, und einer von ihnen zieht soeben einen großen Wels aus dem Wasser.

Aber als er den Namen River Shark am Ruderhaus lesen kann, da wirft er den großen Fisch wieder in den Fluss und winkt mit beiden Armen ein Willkommen.

Auch die anderen Angler sind am Fischefangen nicht mehr interessiert. Sie winken ebenfalls. Es sind John Falcon, Earl Mallowe, Pete Benteen und Mike Brown.

Sie helfen die Leinen um die Poller an Land zu legen und blicken dann zu Samantha hoch, die sich oben aus dem Ruderhaus lehnt.

Mallowe ruft mit einem Klang von Ungeduld in seiner tiefen Stimme: »Lady, wir warten schon länger als eine Woche auf Sie!«

Und der Bootsmann Pete Benteen verkündet: »Wir haben fast schon den ganzen Fluss leer gefischt, Lady!«

»Dann kommt an Bord, Männer!«

In Samanthas Stimme ist ein seltsamer Klang.

Die River Shark macht nicht lange fest, nimmt nur die vier Männer und etwas Gepäck an Bord.

Dann geht sie wieder in den Strom des Mississippi.

Bis nach Saint Louis und der Missourimündung sind es etwa dreihundert Meilen.

Und dann erst wird die River Shark in ihrem Jagdrevier sein.

Aber vorerst sitzen sich Samantha und deren vier Queensritter im Speiseraum des Bootes gegenüber. Sie betrachten die schöne Samantha ernst und lassen dennoch die Freude über das Wiedersehen mit ihr erkennen. Ja, sie sind irgendwie innerlich bewegt.

Es ist dann aber Earl Mallowe, der grimmig sagt: »Die warten auf uns. Irgendwie haben sie erfahren, dass eine schöne Frau von einer Werft bei Pittsburgh ein besonderes Kanonenboot bauen lässt. Ich habe vor drei Wochen einen Mann des Trustes mit Feuerwasser so gefüllt, dass es ihm fast wieder aus den Ohren lief. Und in seinem Zustand hat er mir unfreiwillig eine Menge erzählt. Lady, sie warten auf uns am oberen Big Muddy, dort, wo es noch kein Gesetz gibt, nur Indianer, die Krieg gegen alle Weißen führen. Aber vielleicht werden die Roten so richtig Spaß haben, wenn sie erkennen, dass die Weißen sich gegenseitig zur Hölle schicken. Na gut!«

Er verstummt grimmig.

Samantha blickt auf John Falcon, der nun nicht mehr wie ein Trapper gekleidet ist. Und weil er auch noch blaue Augen hat, wirkt er wahrhaftig nicht wie ein Halbblutmann.

Er erwidert ihren Blick, und abermals kann sie

spüren, dass er sie eines Tages haben und sich dies auch verdienen will durch ritterliche Treue.

Auch die anderen Männer berichten von ihren Erkundungen, auch vom Winter oben in Montana und dem mächtigen Eisgang des Big Muddy.

Und Samantha kann spüren, dass sie alle vom Jagdfieber ergriffen sind. Wie Ritter wollen sie in den Kampf ziehen.

Und sie haben das beste Kanonenboot des Big Muddy in Besitz.

Es ist fünf Tage später, irgendwo zwischen Head of Big Bend und Fort Pierre, als sie auf das Kanonenboot des Trustes stoßen, die neue War Eagle.

Sie versperrt ihnen die Durchfahrt zwischen zwei Sandbänken und hat ihre Vorschiffkanone auf sie gerichtet.

An ihrem Mast flattert die Flagge der Vereinigung, eine grüne Flagge mit einem goldenen Stern, die Green-Star-Flagge.

Earl Mallowe ruft scharf, nachdem er durch das Fernglas blickte: »Da ist sie! Das ist die neue War Eagle der Green Star Company. Und wenn sie uns erkannt hat als Rebellenboot ohne grünen Wimpel, dann wird sie feuern. Also los, Mike Brown! Zeig uns, was du mit den neuen Kanonieren zu Stande bringen kannst!«

Es ist eine wilde und gierig nach einem Kampf verlangende Stimme.

Sie stehen vor dem Ruderhaus. Oben führt Samantha das Ruder.

Nun gibt sie das Klingelzeichen zum Maschinenraum hinunter, verlangt damit mehr Dampf auf die Kolben, damit das Boot noch schneller wird.

Die Kanoniere machen das Geschütz vor dem Ruderhaus feuerbereit.

Der Bootsmann Pete Benteen ruft: »Hinter uns kommt ein Steamer um die Biegung. He, Jungs, zeigt der War Eagle, dass wir die besseren Geschütze mit der moderneren Zielvorrichtung haben!«

»Keine Sorge, das zeigen wir ihnen!«

Mike Brown hat es kaum gerufen, da feuert die War Eagle den ersten Schuss ab. Offenbar hat man mit einem scharfen Glas den Namen der River Shark am Ruderhaus lesen können. Und es fehlt ja auch der grüne Wimpel der Green Star Company.

Die Granate jault über die River Shark hinweg und schlägt hinter ihrem mächtigen Schaufelrad in das schmutzige Wasser des Big Muddy.

Die War Eagle hat ihnen den löffelartigen Bug zugekehrt, lässt ihr Schaufelrad rückwärts drehen und hält sich so in der Strömung auf einer Stelle genau vor der Durchfahrtsmöglichkeit zwischen den beiden Sandbänken.

Der Trapper Earl Mallowe brüllt nun wild: »Los, ihr Ballermänner, gebt es ihr!«

Er meint die Kanoniere auf dem Sturmdeck vor dem Ruderhaus.

Doch Mike Brown brüllt zurück: »Hoiii, Lederstrumpf, du wirst das ja wohl noch abwarten können! Nur ruhig, Bruderherz, denn diesmal schießen die gewiss zu kurz!«

Und so ist es eine halbe Minute später auch.

Der Richtschütze auf der War Eagle verrechnet sich mit der Geschwindigkeit, mit der sich die River Shark nähert. Er hält ihr Heraufkommen gegen die Strömung für schneller.

Und so patscht die Granate zwei Dutzend Yards vor dem Bug der River Shark in den Fluss.

An Bord brüllen sie alle vor Erleichterung und Hohn zugleich.

Dann aber schießt die Kanone der River Shark.

Und dann hat das Kanonenboot des Trustes vor den beiden Sandinseln keinen Bug mehr. Denn das Geschoss der River Shark trifft das Vorschiff.

Und es gibt da drüben eine Explosion. Es sind offenbar die Granaten, die von der War Eagle nun nicht mehr abgefeuert werden können, die allesamt explodieren.

Und die River Shark feuert weiter. Nein, es gibt keine Gnade. Es ist Krieg.

Die War Eagle hat verloren. Zum zweiten Male verliert ein Kanonenboot des Trustes das Duell, den Kampf um die Macht auf dem Big Muddy.

Die River Shark muss wenig später den treibenden Resten der War Eagle ausweichen.

Brüllende Männer schwimmen im Fluss, dessen Wasser um diese Jahreszeit noch bitterkalt ist, kaum wärmer als acht oder zehn Grad. Denn auf den Bergen oben in Montana liegt noch eine Menge Schnee.

Nein, sie retten keinen der Schwimmer. Doch einer von ihnen – es mag wohl der Kapitän sein droht schwimmend mit erhobener Faust, indes er an der Bordwand vorbeitreibt:

»Ihr Hurensöhne habt dennoch keine Chance!« So brüllt er.

Doch er erhält nur verächtliches Gelächter als Antwort.

Die River Shark hält sich nun gegen die Strömung auf gleicher Höhe. Sie muss erst noch die letzten Trümmer der War Eagle vorbeitreiben lassen.

Indes kommt das andere Dampfboot, das weit hinter ihnen um die Biegung auftauchte, immer näher.

Wenig später sehen sie, dass es die Morning Star von Hank Stone ist, der sie im vergangenen Jahr mit der vorherigen River Shark schon einmal begegnet sind.

Die Morning Star hat den grünen Wimpel der Green Star Company am Mast flattern, ein Zeichen, dass sie sich unterworfen hatte.

Doch als sie sich neben der River Shark in gleicher Höhe längsseits hält, nur mit einem Abstand von zwei Dutzend Yards, da holt sie den grünen Wimpel ein.

Und oben lehnt sich Hank Stone so wie damals aus dem Seitenfenster des Ruderhauses und brüllt herüber durch das Patschen der Schaufelräder: »Hoiii, jetzt habe ich wieder Mut und bin dabei! Viel Glück! Räumt uns den Weg frei! Wir können nicht so schnell wie ihr! Wir kamen vorhin aus einem Nebenarm heraus! Macht sie alle fertig!«

Zuletzt heult Hank Stones Stimme.

Samantha, die mit John Falcon im Ruderhaus steht, winkt nur hinüber.

Aber unten auf dem Sturmdeck brüllt eine Stimme:

»Ihr habt es gut! In Fort Benton müsst ihr unsere Drinks bezahlen!«

Die River Shark macht wieder richtig Fahrt, denn die Durchfahrt zwischen den beiden Sandinseln ist nun frei. Sie rauscht hindurch und bekommt dann wieder den breiten Strom vor den Bug.

John Falcon aber spricht ruhig zu Samantha: »Aber das war erst der Anfang. Samantha, wie groß und mächtig ist Ihr Hass?«

»Gewaltig und gnadenlos«, erwidert sie und hält dabei das Ruderrad fest in beiden Händen, den Blick energisch stromauf gerichtet. Hier ist der Fluss jetzt breit und die Strömung nicht mehr so stark, aber noch voller Gefahren.

Nach einigen Atemzügen fügt sie hinzu: »John, ich habe meinen Mann so sehr geliebt, wie eine Frau einen Gefährten fürs ganze Leben nur lieben kann. Gestorben wäre ich für ihn. Und ich kann ihn gewiss auch nicht vergessen. Ich werde erst Ruhe finden, wenn ich ihn gerächt habe. Ja, ich will die ganze Mörderbande des Trustes erledigen, sie alle, auch die Bosse im Hintergrund – einfach alle. Und es wird dann auch mehr Kapitäne wie Hank Stone von der Morning Star geben.«

Eine Weile schweigen sie. Schließlich fragt John Falcon: »Und Sie werden nie wieder einen anderen Mann lieben können, Samantha?«

»Nicht so wie Oven Quaid. John, ich möchte ehrlich zu Ihnen sein. Aber ich weiß auch, dass ich nicht mein ganzes Leben allein bleiben will. Dann müsste ich ins Kloster gehen. Ich werde nicht trauern können bis an mein Lebensende.«

»Das macht mir Hoffnung«, murmelt er, aber sie kann es wegen der vielen Geräusche nicht verstehen.

Doch als er sie bittet, ihm doch mal das Ruder zu überlassen und ihn anzulernen, da willigt sie sofort ein. Denn ihr ist natürlich klar, dass es gut für die River Shark ist, wenn möglichst viele sie steuern können und in all die Tücken und Geheimnisse des Stromes eingeweiht sind. Bei Falcon ist sie sicher, dass er schnell lernen wird.

Sie spürt immer wieder instinktiv, dass sie diesem Mann vertrauen kann.

Sie erreichen drei Tage später den großen Holzplatz am Whity Earth River. Hier ist eine kleine Stadt entstanden, die Indianerangriffe nicht mehr befürchten muss, weil sie zu groß geworden ist.

Bevor die River Shark an die Landebrücke des Holzplatzes geht, wo die Ladebäume mithilfe der Dampfwinde den großen Ladekorb an Bord schwingen können, kommt der Trapper Earl Mallowe zu Samantha und Falcon und informiert sie mit den knappen Worten:

»Ich war im vergangenen Winter hier. Der Statthalter der Green Star Company ist ein gewisser Adam Clarke. Er leitet auch das Bordell und den großen Generalstore. Den Indianern verkauft er Handelswhiskey, und auch sonst kontrolliert er alle Geschäfte. Ich weiß, dass er stets zur gleichen Zeit in den Saloon kommt, wo die Mädchen ihn wie läufige Katzen umgeben müssen, damit er sie betatschen kann. Und wenn sie ihn so richtig scharf gemacht haben, geht er mit zweien nach oben. Ich glaube nicht, dass er diesen Ablauf geändert hat, höchstens die Mädchen hat er ausgetauscht.«

Samantha nickt nur, spricht dann aber: »Nun, wir werden sehen …«

Die River Shark macht dann an der Landebrücke fest. Es wurde später Abend, fast schon richtig dunkle Nacht.

Der Ladeboss des Holzplatzes fragt herüber: »Hoiii, ich kann nicht sehen, ob ihr den Green-Star-Wimpel am Mast habt.«

»Dann hast du schlechte Augen, Mann«, ruft der Bootsmann Pete Benteen hinüber. »Wir sind brave Untertanen der Company.«

»Dann bekommt ihr Holz für zehn Dollar pro Festmeter. Es kann sofort losgehen bei Laternenschein.«

Samantha in ihrer Doppelkabine hört den Wortwechsel. Ja, sie hat sich zurückgezogen, nachdem ihr Mallowe die wichtigen Informationen über Adam Clarke gab, den Statthalter von Whity Earth River.

Sie kleidet sich um. Statt ihre Flussschifferkleidung trägt sie nun eine schwarze Bluse zu einer schwarzen Hose, die über hochhackige Stiefel fällt. Und auf ihrem schwarzen Haarschopf sitzt ein flachkroniger Stetson mit steifen Rand.

Die Bluse hat einen sehr tiefen Ausschnitt, der die Vollkommenheit ihrer Brüste nicht nur ahnen lässt, sondern fast zu deutlich zeigt.

Dennoch wirkt sie nicht wie eines der Flittchen, die sich in solchen Saloons verkaufen. Sie wirkt immer noch wie eine stolze und selbstbewusste Lady.

Als sie dann vor dem Spiegel den Revolvergurt umschnallt und das Holster mit dem Colt zurechtrückt, da hebt sich der helle Beingriff des Revolvers deutlich vor der dunklen Kleidung ab.

Es ist übrigens das gleiche Revolvermodell wie jenes, das sie damals von Oven Quaid geschenkt bekam im Laden des Juweliers und Goldschmieds, der auch ein guter Waffenmacher war.

Nun zieht sie vor dem Spiegel mehrmals die Waffe, und es ist wie eine Zauberei, so plötzlich liegt sie schussbereit in ihrer Hand.

Im Spiegel erkennt sie das Funkeln ihrer grünen Katzenaugen.

Mit leicht heiser klingender Stimme sagt sie zum Spiegelbild hinüber: »Gut, Samantha, gut! Heute beginnt es richtig.«

Adam Clarke ist ein sehr beachtlich wirkender Mann, auf den ersten Blick fast ein Schönling. Doch wenn man ihm einen zweiten Blick schenkt, dann sieht man ihn anders und bekommt ein ungutes Gefühl, so etwa, wie wenn man sich plötzlich einem schwarzen Panter gegenübersieht.

Als er in den White Earth Saloon tritt, da geschieht es wirklich zur gleichen Zeit wie immer. Und dennoch ist es an diesem Tag anders als sonst.

Diesmal warten nicht die Mädchen auf ihn, um mit ihm das ewig gleiche Spiel zu spielen. Denn er ist in dieser Hinsicht ja wohl das, was man als Gewohnheitstier bezeichnet.

Die Gäste an den Tischen wirken erwartungsvoll.

An der Bar steht nämlich eine Frau in Schwarz.

Uns so hält er nach einem schnellen Rundblick inne und fragt herüber: »Hey, Black Lady, wer sind Sie? Kamen Sie mit dem Steamer, der jetzt Holz bunkert?«

»Auch«, erwidert Samantha Quaid ruhig. Es ist ein kehliger Klang in ihrer Stimme. Und Adam Clarkes Instinkt sendet sofort die ersten Warnsignale in sein Hirn.

Die Black Lady aber spricht weiter: »Ich bin gekommen, um Sie zu töten, Adam Clarke. Denn Sie sind der Statthalter einer Mörderbande, die sich den stolzen Namen Green Star Company gab. Sie sollten jetzt versuchen, schneller zu sein als ich. Und ich bin verdammt schnell. Dennoch haben Sie eine Chance.«

Adam Clarke verharrt noch. Seine Gedanken eilen plötzlich tausend Meilen in der Sekunde.

Und dann begreift er es endlich und fragt: »Wie heißt das Boot, das jetzt in der Nacht Holz übernimmt?«

»Es ist die River Shark, Mister Clarke, die neue River Shark, die ich in Pittsburgh bauen ließ. Und die neue War Eagle konnte uns bei Head of Big Bend nicht aufhalten.«

Als Samantha Quaid verstummt, da begreift Adam Clarke, dass diese Frau es gewiss mir jedem Revolvermann aufnehmen kann.

Er kennt ja auch die ganze Geschichte, die sich im vergangenen Jahr ereignete.

Und so schnappt er nach seinen beiden Revolvern.

Er ist wahrhaftig ein guter Zwei-Revolver-Mann.

Doch als er die Läufe seiner Waffen hoch schwingt, da trifft es ihn mitten ins Herz.

Und so stirbt er stehend.

13

Eine Weile herrscht atemlose Stille im Saloon. Sie alle starren auf die schöne Frau in Schwarz. Und sie sehen den noch rauchenden Revolver in ihrer Hand. Samantha Quaids grünäugiger Blick wandert in die Runde, nimmt alles wahr.

John Falcon und Earl Mallowe kamen zuvor herein und verharren an der Tür.

Doch sie brauchen Samantha nicht beizustehen.

Alle sehen sie den bisher hier so mächtigen und gefürchteten Revolvermann Adam Clarke am Boden liegen.

Und dann hören sie die Black Lady, die jetzt rücklings am Schanktisch lehnt, mit fester Stimme sagen: »Ich bin Samantha Quaid. Die Handlanger des Trustes haben im vergangenen Jahr das Dampfboot River Shark in die Luft gesprengt. Mein Mann und ein halbes Dutzend Männer der Besatzung starben, einige andere ertranken. Ich ließ mir in Pittsburgh eine neue River Shark bauen, eine noch bessere. Und nun bekämpfe ich den Trust, der sich hier auf dem Big Buddy von Saint Louis bis Fort Benton Green Star Company nennt und gewiss auch bei euch die

Preise für alles diktiert hat. Doch das ist vorbei. Ihr alle hier seid frei von jedem Zwang. Und es liegt an euch, was ihr daraus macht.«

Als sie verstummt, bleibt es einen Moment lang still.

Dann flüstert eines der Mädchen, die sich hier an Büffeljäger, Schiffer, Flößer und andere Gäste verkaufen: »Hoiii, jetzt nimmt mir niemand mehr die Hälfte meiner Einnahmen ab. Dieser verdammte Zuhälter ist weg.«

Und eine Männerstimme spricht aus dem Hintergrund von einem Pokertisch her: »Und in meinem Store bestimme jetzt ich die Preise und muss nicht mehr fast die Hälfte meines Gewinns abgeben. Oh, verdammt, hier wird alles anders. Doch wenn der Trust einen neuen Statthalter mit einem halben Dutzend Revolverschwingern herschickt ...«

Vom Fluss her tönt das Tuten eines Dampfhorns.

Und von der Tür her sagt John Falcons Stimme: »Das ist die Morning Star. Sie ist jetzt ebenfalls hier angekommen. Gehen wir, Samantha. Sehen wir in Adam Clarkes Office nach.«

Samantha steckt endlich den Revolver ins Holster zurück.

Dann muss sie über den leblosen Körper von Adam Clarke hinwegsteigen.

Mit Falcon und Mallowe tritt sie hinaus in die mondhelle Nacht. An einer der Landebrücken hat die erleuchtete Morning Star fest gemacht.

Bald werden von ihr Passagiere und Besatzungsmitglieder an Land kommen.

Earl Mallowe sagt knurrend: »Kommen Sie, Lady.

Ich weiß, wo die Green Star Company ihr Office hat«

Es ist nur ein kurzer Weg.

Als sie ins Office treten, sitzen dort drei Männer an einem Tisch beim Kartenspiel. Beim Anblick von Samantha erheben sie sich.

Einer ruft halblaut: »Oho, seht euch an, wer da zu Besuch kommt! Das ist die Allerschönste der Schönen! Lady, was können wir für Sie tun?«

Als der Mann verstummt, da starren alle drei erwartungsvoll Samantha an. Deren beiden Begleiter schenken sie kaum einen Blick.

Doch dann hören sie die Schöne mit trügerischer Freundlichkeit fragen: »Haben Sie nicht den Schuss im Saloon gehört?«

»Doch, Ma'am, doch. Aber Schüsse sind hier nichts Ungewöhnliches. Im Saloon wird öfter geschossen, und zumeist ist es der Boss von White Earth City, Mister Adam Clarke, der auch unser Boss ist. Und um den müssen wir uns keine Sorgen machen.«

Der Mann verstummt mit einem selbstgefälligen Grinsen und hat die Daumen in seine Westentaschen gehakt.

Aber sein Grinsen verschwindet jäh, als er die Schöne sagen hört: »Ihr solltet ihn aus dem Saloon holen und in einen Sarg legen. Ich denke, dass es hier Särge gibt, deren Preis von der Green Star Company bestimmt wird. Es könnte aber auch sein, dass man euren Boss aus dem Saloon auf die Straße geworfen hat. Los, raus hier! Ihr seid hier fertig! Verschwindet aus dieser Stadt!«

Sie wollen und können es noch nicht glauben.

Earl Mallowe spricht ganz ruhig von der Tür her: »Vorsicht, Buddys, die Lady hat Clarke im Duell erschossen. Dies hier ist Mrs Quaid, deren River Shark letztes Jahr in die Luft gesprengt wurde. Die Geschichte kennt doch wohl jeder Mensch zwischen Saint Louis und Fort Benton. Legt euch nur nicht mit dieser Lady an. Haut ab!«

Sie staunen, starren Samantha an und richten dann ihre Blicke auf den hellen Beinkolben ihres Revolvers.

Und dann beginnen sie zu begreifen, dass ihre Herrschaft hier beendet ist.

Doch ihr Sprecher spricht trotzig: »Vielleicht wissen Sie es noch nicht, aber auch die Green Star hat ein neues Kanonenboot, die War Eagle Zwei. Und die findet euch.«

»Sie hatte uns bereits gefunden, und nun gibt es sie nicht mehr. Soll ich euch Beine machen?«

Wieder ist die trügerische Freundlichkeit in ihrer Stimme, und sie fühlen sich von dieser schönen Frau gedemütigt, erniedrigt in ihrem Revolverstolz.

Aber sie ist ja nicht allein. Denn rechts und links neben dem Eingang stehen ihre Begleiter, zwei gewiss harte Burschen.

Und so geben sie auf. Einer fragt: »Dürfen wir unsere Siebensachen packen?«

»Nein, ihr dürft nur euer nacktes Leben mitnehmen!« Samanthas Stimme klirrt.

Und da begreifen sie endlich, dass sie wahrhaftig nur ihr nacktes Leben retten, so etwa wie Schiffbrüchige, die auf hoher See eine treibende Planke finden, an der sie sich festhalten können.

Sie schleichen sich buchstäblich hinaus wie geprügelte Hunde, die den Schwanz zwischen die Hinterbeine senken als Zeichen der völligen Unterwerfung.

Samantha ruft ihnen nach: »Doch zuvor legt ihr euren Boss in einen Sarg!«

Sie ist dann mit Falcon und Mallowe allein.

Eine Weile betrachten sie sich wortlos. Mallowe grinst anerkennend, Falcon aber wirkt sehr nachdenklich. In seinem Gesicht erscheint für einen kurzen Moment der Ausdruck von Bedauern oder gar Mitleid. Dann aber hält er seine Gefühle tief in sich verborgen.

Doch wenn Samantha seine Gedanken bemerkt hätte, würde sie begreifen, dass er sich Sorgen um sie macht.

Denn ihre unversöhnliche Härte passt nicht zu ihrer Schönheit. Und so ist sie für ihn ein wunderschönes Kunstwerk mit einem Innenleben voller Hass, der sie eines Tages innerlich wie ein böses Feuer zu verbrennen droht.

Deshalb verspürt er Bedauern und Mitleid.

Aber er weiß zugleich auch, dass er weiterhin ihr getreuer Ritter sein wird.

Mallowes Stimme aber fragt drängend: »Was nun, Samantha?«

Als sie ihn ansieht, da werden ihre Augen schmal.

Doch dann erwidert sie: »Sehen wir nach, ob wir etwas finden, was uns Hinweise auf das Hauptquartier der Green Star gibt. Ich meine das wirkliche Hauptquartier, wo die großen Bosse an den Fäden ziehen. Man muss einem Kraken den Kopf abschlagen. Suchen wir also nach Hinweisen.«

Sie gehen in den nächsten Raum hinein. Und hier sehen sie den großen Tresor in der Ecke stehen.

»Wie kriegen wir den auf?« Mallowe fragt es grimmig, so richtig böse.

Dann aber macht er auf dem Absatz kehrt und eilt hinaus. Über seine breite Schulter ruft er zurück: »Clarke hat den Schlüssel gewiss an seinem Hals hängen. Ich hole ihn!«

Samantha und John Falcon sind nun allein. Sie sehen sich schweigend an.

Und sie murmelt schließlich: »Mein Freund, ich sehe Ihnen an, dass Sie sich Sorgen um mich machen. Aber ich kann nicht anders.«

»Eine Frau sollte nicht töten. Frauen sollten Leben schenken, auch Liebe und Zartlichkeit geben können. Samantha, Sie werden innerlich bald ein harter Stein sein. Ja, ich mache mir Sorgen.«

»Ich kann nicht anders. Ich muss meinen Mann rächen.«

Sie verstummt hart. Aber er spricht: »Sie verschenken Ihr Leben, denn das könnte wunderbar sein.«

»Es war wunderbar an Oven Quaids Seite.«

Earl Mallowe kommt herein und hält eine Halskette in der Hand, an der ein Schlüssel baumelt. Es ist ein großer Doppelbartschlüssel für insgesamt vierundzwanzig Zuhaltungen, die das Riegelsystem sperren.

»Er lag schon in seiner Kiste«, sagt der Trapper Mallowe und grinst.

Es stellt sich heraus, dass es der richtige Schlüssel ist, mit dem sich der schwere Tresor öffnen lässt.

Der Inhalt besteht aus einer Menge Geld, einem

so genannten Hauptbuch für alle Einnahmen und Ausgaben. In einem Ordner ist auch der Schriftverkehr abgeheftet.

Samantha sieht die beiden Männer an.

»Meine Freunde, ihr könnt mir hier nicht mehr helfen. Ich muss das alles durcharbeiten. Nur so kann ich etwas Klarheit in das System des Trustes gewinnen. Geht in den Saloon und feiert mit den Männern der Morning Star unseren Sieg. Bitte lasst mich allein.«

Falcon und Mallowe zögern. Dann deutet Mallowe auf den Tresor. »Was wird mit dem vielen Geld?«

»Der Trust ist mir ein Dampfboot mit wertvoller Ladung schuldig«, erwidert sie sehr ernst. »Das alles war mehr als dreißigtausend Dollar wert. Aber Sie können sich da aus dem Tresor herausnehmen, was Sie glauben, beanspruchen zu können.«

»Sie sind schlau, Lady.« Mallowe grinst. »Sie wollen herausfinden, ob ich ein edler Ritter oder ein Mistkerl bin. Nun, ich bin gewiss eine Mischung. Vielleicht ist dieser halbe Sioux edler als ich.«

Er tritt an den offenen Tresor und bedient sich.

»Damit halte ich die ganze Besatzung frei«, verkündet er und eilt hinaus.

John Falcon verharrt noch und sieht Samantha fest an.

»Die ganze Stadt wird ein Befreiungsfest feiern«, murmelt er. »Fast wie den Unabhängigkeitstag.«

Nach diesen Worten geht auch er hinaus.

Samantha aber setzt sich mit den Kladden und Ordnern aus dem Tresor an den Schreibtisch und rückt die Lampe zurecht.

Für eine Weile stützt sie die Ellenbogen auf den Tisch und legt ihr Gesicht in beide Hände. Dann flüstert sie in ihre Hände: »Oh Vater im Himmel, vergib mir, wenn das möglich ist. Doch ich muss Rache nehmen. Ich muss sie vernichten. Denn wer sonst könnte das tun hier auf dem oberen Big Muddy, wo es kein Gesetz gibt, wer denn?«

Sie nimmt die Hände wieder herunter und entdeckt in Reichweite eine Flasche und ein Glas. Als sie das Glas halb füllt, sieht sie, dass es allerbester Bourbon ist.

Doch sie zögert, ihn zu trinken.

Und nach einer Weile nippt sie nur etwas vom Rand des Glases und gießt den verbleibenden Inhalt wieder in die Flasche zurück.

Ihre Hand zittert nicht.

14

Als sie am nächsten Morgen losmachen – die Morning Star wird ihnen folgen, doch das Tempo nicht mithalten können – wirken die Männer der Besatzung übernächtigt und ziemlich ausgebrannt.

Denn die ganze Stadt White Earth River City hat mit ihnen ein Befreiungsfest gefeiert, wahrhaftig fast so wie den Unanhängigkeitstag, und der ist der größte Festtag der USA.

Samantha führt wieder das Ruder, lässt jedoch immer wieder John Falcon steuern, wenn der Strom nicht so gefährlich ist.

Sie schweigen lange an diesem Morgen.

Dann aber muss Falcon einfach fragen: »Haben Sie etwas in den Büchern der Green Star gefunden, Samantha?«

Sie nickt schweigend, spricht dann aber doch: »Ja, sie sitzen in Illinois. Dort gibt es etwas östlich von Saint Louis einige Kohlegruben. Es ist ein Bergbauland, und sie haben die ganzen Bergwerke und damit auch die Eisenbahnen unter Kontrolle, und wollen gewiss, dass alle Dampfboote bald die Kessel mit Kohle heizen. Eisenbahnen und Dampfschiffe sind dann die großen Abnehmer. Und wer weiß, was noch alles weiter im Osten passiert. John, wir werden dieses Rattennest in Illinois bald ausräumen. Doch zuerst machen wir den Missouri frei. Wir haben noch weitere Ortschaften mit wichtigen Holzplätzen von den Statthaltern des Trusts zu befreien. Und dann fahren wir hinunter nach Saint Louis. Werden Sie weiterhin an meiner Seite sein, obwohl ich Ihnen nichts versprechen kann? Wissen Sie, ich denke immer wieder über Earl Mallowe nach. Sie waren ein Trapper wie er. Was wisssen Sie über ihn?«

»Wenig, Samantha. Er war ein Squawmann. Und später, als seine Squaw starb, ließ er seinen Sohn bei deren Sippe. Er hat keinen guten Ruf. Es gibt böse Geschichten über ihn. Aber man sollte nicht zu viel auf solche Gerüchte geben. Er hat ja so wie ich alles verloren, als wir mit der River Shark in die Luft flogen. Nun will er alles mit Zinsen zurück. Seine Denkweise ist die eines Indianers. Er hat zu lange bei ihnen gelebt.«

»Aber deine Denkweise ist nicht so, obwohl du ein halber Indianer bist, John.«

Sie verstummt etwas erschrocken und irgendwie überrascht.

Denn soeben hat sie ihn sehr vertraulich angeredet, nämlich geduzt.

Und beide spüren sie zur gleichen Zeit, dass etwas zwischen ihnen ist. Aber was ist es?

Dies fragt sie sich erschrocken, denn es kann doch nicht sein, dass sie Oven so plötzlich vergisst. Denn das käme ihr wie ein Verrat vor, ein Treuebruch.

Doch wenig später gewinnt sie Klarheit und spricht langsam: »John, ich brauche einen Freund, einen großen Bruder. Ich bin allein. Gewiss, die Mannschaft hält zu mir. Sie wird mir treu sein, mag da kommen, was will. Aber ich kann mich nicht mit den Männern aussprechen. Im Gegenteil, ich muss ihnen ständig Führungsstärke zeigen und beweisen. Ich bin einsam und kann Oven nicht vergessen. Ich muss ihn rächen. Sonst finde ich bis an mein Lebensende keine Ruhe. John, willst du mein Freund sein, dem ich vertrauen kann wie einem Bruder, obwohl du weißt, dass ich keinen anderen Mann so lieben, kann, dass ich ihm gehören möchte als Frau?«

»Ich will, Samantha, ich will«, erwidert er nur. Erst nach einer Weile fragt er: »Machst du dir Gedanken über Earl Mallowe? Warnt dich dein Instinkt vor ihm?«

Sie nickt und hält dabei das Ruderrad fest in ihren Händen, lenkt die River Shark um die Untiefe herum, die sie an den Strudeln erkennt, weil der Big Muddy sich über dieser Untiefe aufbäumt.

Erst als sie die Untiefe umschifft haben, erwidert sie: »Ja, mein Instinkt warnt mich vor ihm. Wenn er mich ansieht, ist ein Unbehagen in mir. Er ist ein zweibeiniger Wolf, der ständig nach Beute jagt. Aber ein Spiel des Schicksals hat ihn mit dir an Bord der alten River Shark gebracht. Und wir werden ihn nicht los. Ich denke, er ist ein zweibeiniges Raubtier.«

Sie verstummt hart. Aber John Falcon erwidert ruhig: »Ich passe auf ihn auf, Samantha. Mach dir keine Sorgen.«

Sie erreichen nach zwanzig Flussmeilen Fort Buford und die südliche Mündung des Yellowstone, passieren das Fort ohne anzulegen und dampfen weiter bis zur Mündung des Little Muddy, dessen schmutziges Wasser den Schlamm aus den Bergen in den oberen Missouri bringt.

Der Strom ist hier wieder gefährlich. Am Ufer sehen sie Indianer, die auf ihren bunten Mustangs die River Shark an Land begleiten, mühelos deren Geschwindigkeit halten können. Denn das Boot schafft nur wenig mehr als sechs Meilen in der Stunde.

Immer dann, wenn sich die River Shark dem Ufer zu dicht nähern muss, weil die Fahrrinne es nicht anders möglich zulässt, schießen die Roten mit ihren Gewehren. Sie besitzen zumeist moderne Gewehre, Spencer-Karabiner, Winchester oder so genannte Rollblockgewehre. Und das ist ein Beweis dafür, dass es genügend Händler gibt, die mit den roten Stämmen gute Geschäfte machen.

Doch die River Shark erwidert dieses Gewehrfeuer nicht. Es wird auch niemand auf ihr getroffen.

Es ist am Abend, fast schon Nacht, als sie die Mündung des Poplar Creeks erreichen, dessen Ufer von riesigen Pappeln gesäumt werden.

Und hier sehen sie neben dem großen Holzplatz in der Bucht die Lichter eines kleinen Ortes. Der Poplar Creek betreibt auch eine Sägemühle, und der ganze Ort ist groß und stark genug, um von den Indianern nicht angegriffen zu werden.

Earl Mallowe kommt zum Ruderhaus empor und tritt hinter Samantha und Falcon, die nebeneinander am Ruderrad stehen.

Er verharrt grinsend und spricht dann: »He, Falcon, da könnte man ja neidisch werden. Wenn ich euch ständig so beisammen sehe im Ruderhaus und abwechselnd am Ruder, dann wirkt ihr auf mich fast wie ein Liebespaar. Oder darf ich auch mal neben Ihnen am Ruder stehen, Samantha, und die River Shark steuern? Ich könnte das, denn ich kenne den Big Muddy.«

Samantha blickt ihn über die Schulter hinweg an. Seine Frage beantwortet sie nicht, doch sie fragt: »Was wollen Sie, Mister Mallowe?«

Er grinst und deutet auf die Lichter der kleinen Stadt und des Holzplatzes voraus. »Auch dort war ich im vergangenen Winter«, spricht er. »Der Statthalter der Green Star Company ist ein gewisser Ray Sloane. Wenn er seine Gewohnheiten nicht geändert hat, kommt auch er nach Anbruch der Nacht in den Saloon, um Poker zu spielen, und zwei seiner Revolvermänner begleiten ihn. Doch wenn wir am Verladesteg des Holzplatzes anlegen, wird er dort auftauchen.«

»Gut«, erwidert Samantha nur, »gut, Mister Mallowe.«

»Verdammt, nennen Sie mich nicht immer Mister, um Abstand zu halten. Ich bin kein seriöser Mister. Ich weiß längst, dass Sie mich für einen Mistkerl halten. Seit ich für Sie getötet habe, mich zum Richter und Vollstrecker machte, mögen Sie mich nicht mehr. Aber auch Sie …«

»Bei mir hat jeder die Chance in einem Duell, Mister Mallowe. Bei mir kann jeder zuerst nach der Waffe greifen!« Sie unterbricht ihn hart mit diesen Worten.

Aber er lacht verächtlich: »Weil Sie wissen, dass Sie schneller sein werden.«

Nach diesen Worten verschwindet er wieder.

Die River Shark aber steuert nun den Landesteg des Holzplatzes an.

Es dauert drei Wochen, dann erst ist in Saint Louis die Green Star Company alarmiert. Denn die Entfernungen sind zu groß. Die talwärts fahrenden Steamer brauchen so lange bis Saint Louis.

Doch nun verbreitet sich die Nachricht schnell. Man erzählt sich von der River Shark und jener Black Lady und beginnt zu begreifen, dass auf dem oberen Big Muddy ein Krieg ausgetragen wird. Und jedes Dampfboot, das von Fort Benton herunterkommt, bringt neue Nachrichten. Bald kennt jeder Mensch die ganze Geschichte, nämlich die jenes Eigners und Kapitäns, der mit seiner wunderschönen Frau gegen die Macht des Trustes rebellierte, was seinen Tod bedeutete, als er mit seinem Kanonenboot in die Luft gesprengt wurde und nur seine schöne Frau – die Black Lady – mit einigen Männern der Besatzung am Leben blieb.

Fast alle Menschen auf der zweitausendsechshundertdreiundsechzig Meilen langen Strecke zwischen Saint Louis und Fort Benton sind auf der Seite jener legendären Black Lady und ihres Kanonenboots.

Nicht wenige Eigner und Kapitäne beginnen zu rebellieren, lassen keine grünen Wimpel mehr an den Masten flattern. Sie setzen wieder ihre eigenen Preise fest, zahlen auch keine so genannten Schutzgebühr mehr. Sie müssen bei den Holzplätzen nicht die überhöhten Preise akzeptieren, denn überall sind die Statthalter des Trustes verschwunden.

Die Macht der Green Star Company schwindet von Woche zu Woche.

Und so erreichen die Alarmmeldungen von Saint Louis endlich auch Coal City am Kaokaskia River, wo die großen Bosse des Trust sind.

Und diese wieder geben klare Befehle nach Saint Louis.

Ihnen ist klar, dass sie mit einem neuen Kanonenboot gegen die nun legendäre River Shark wahrscheinlich nichts ausrichten können.

Und so lautet ihr Befehl: »Tötet die Black Lady! Bringt sie um!«

Bisher hat es immer funktioniert, wenn der Trust die Anführer eines Widerstandes vernichtete. Und für sie ist die Black Lady nun mal eine Art Jeanne d'Arc. Und die wurde damals ihren Feinden ausgeliefert und als Hexe verbrannt, damit der Aufstand im Land ein Ende hatte.

Es machen sich nach einigen Wochen von Saint Louis her Revolvermänner auf den Weg, die eigentlich nur Killer sind, die für Prämien töten. Und noch ein Mann wird losgeschickt, ein kleiner, unscheinbarer, listiger Mann, der stets eine Melone trägt. Dieser Mann heißt Leroy Paradise, und man könnte ihn für einen Handelsvertreter halten, der in den Städten und Camps in den Goldfundgebieten Schmuck und Uhren verkaufen will.

Indes er unterwegs ist, liegt die River Shark bei Fort Benton auf dem Trockendock einer Werft, auf die sie, breitseitig liegend, mit Dampfwinden heraufgezogen wurde wie auf einer Rutschbahn, die aus glatten und geölten Baumstämmen besteht.

Denn es ist eine gründliche Überholung nötig, die einige Wochen dauern wird.

Der Besatzung der River Shark ist das recht, kann sie sich doch in der Zeit in Fort Benton amüsieren. Fort Benton ist ja kein Armeefort, sondern eine lebendige Hafenstadt, das Ausfalltor zum Goldland. Fracht- und Postlinien fahren zu einem Dutzend Städten, die aus wilden Camps entstanden und immer noch wild sind und in denen alle Sünden der Menschheit begangen werden.

Auch der ehemalige Trapper Earl Mallowe genießt das wilde und ausgelassene Leben in Fort Benton. Geld hat er ja genug für diesen Spaß. Er nahm es sich ja aus dem Tresor, dessen Schlüssel in White Earth River City jener Adam Clarke an einer schönen Kette um den Hals hängen hatte.

An einem dieser Tage sitzt Earl Mallowe nach einer langen Nacht in einem Restaurant beim Frühstück. Seine Gemütsverfassung ist grimmig, böse und gefährlich. Denn von den Huren in den Bordells hatte er mal wieder genug, und so setzte er sich an einen Pokertisch und verlor eine Menge Geld.

Normalerweise hätte er das nicht hingenommen, sondern einen Streit angefangen. Doch die drei anderen Spieler gehörten zu der harten Sorte. Er hätte sie alle drei gegen sich gehabt, das ließen sie ihn spüren.

Verdammt, denkt er immer wieder, verdammt, sie haben mich ausgenommen wie einen Puter, nachdem sie mich erst gewinnen ließen! Auch habe ich zu viel getrunken. Ich war ein verdammter Dummkopf. Das waren gut getarnte Kartenhaie, und ich habe das viel zu spät begriffen, verdammt noch mal!

Er knurrt unwillig, als ein kleiner Mann an seinen Tisch in der Ecke tritt und sehr freundlich zu ihm spricht. »Sir, vielleicht darf ich mich zu Ihnen setzen und Ihnen ein Geschäft vorschlagen?«

»Was für ein Geschäft, kleiner Mann?« Mallowe knurrt es übellaunig.

Doch der kleine Mann lächelt freundlich.

»Sie sind doch ein Trapper, ein Gebirgsläufer, ein Mann der Hirschlederbrigade, nicht wahr?«

»Und wenn«, knurrt Mallowe grimmig, »was geht Sie das an?«

»Sie haben kein Geld mehr. Ich sah Sie am Pokertisch. Bekommen Sie von der Black Lady der River Shark einen guten Sold?«

»Was geht Sie das an?« Mallowe fragt es noch grimmiger.

Doch der kleine und so unscheinbare Mann wirkt nun noch freundlicher.

»Aber selbst wenn Sie von der River Shark bezahlt werden, es kann nicht so viel sein, wie ich Ihnen bieten kann. Ich vertrete die Green Star Company.«

Als Earl Mallowe dies hört, da muss er überlegen.

Er fragt sich, ob er dem Kleinen die Faust auf den Kopf schlagen soll wie einen Hammer – oder ob es besser wäre, erst einmal zuzuhören.

»Ich höre«, knurrt er. »Aber vielleicht schlage ich Ihnen dann den Schädel ein.«

15

Die Tage und Wochen in Fort Benton vergehen für Samantha Quaid unendlich langsam. Denn solange die River Shark an Land auf dem Trockendock liegt, fühlt sie sich wehrlos. Aber zugleich weiß sie auch, dass ihr Boot eine Überholung dringend nötig hat.

Es mussten ja die beiden Dampfkessel innen nicht nur gereinigt werden. Die Rückstände mussten von den Innenwänden der Kessel abgeklopft werden. Ventile und Kolben der Maschinen waren abgeschliffen. Rohrleitungen waren mehr oder weniger verstopft. Das schlammige oder sandige Flusswasser ließ beim Verdampfen einfach zu viele

Rückstände in den Kesseln und Leitungen. Und das Schaufelrad musste neue Schaufeln bekommen.

Wollte die River Shark das schnellste und stärkste Boot auf dem Big Muddy bleiben, dann war die Überholung nichts anderes als ein Akt der Selbsterhaltung.

Dennoch genießt Samantha den Aufenthalt in einer Stadt. Mit John Falcon als Beschützer reitet sie fast jeden Tag auf einem Mietpferd aus. Sie genießt die Badeanstalt für Ladys, mietet sich eine Wanne in einer Einzelzelle, trägt auch wieder Kleider und besucht die Vorstellung einer Theatertruppe, die in nächster Zeit die wilden Städte des Goldlandes bis hinüber zu den Bitter Roots beglücken will.

Das Stück ist ziemlich frivol, und manchmal johlen die Zuschauer.

Aber für Samantha ist es eine Abwechslung. Mit John Falcon an ihrer Seite fühlt sie sich sicher.

Zwischen ihnen ist tatsächlich ein Verhältnis entstanden wie zwischen Geschwistern, und sie kann nur ahnen, was in ihm vorgeht, da sie sich darüber klar ist, dass er sie liebt, wie ein Mann eine Frau nur lieben kann.

Wie lange wird er das aushalten können?

Was tut sie ihm an? Verlangt sie nicht zu viel von ihm und von seiner Treue?

Ja, sie denkt in diesen Tagen und Nächten immer wieder darüber nach und fühlt sich mehr und mehr in seiner Schuld.

Eines Tages, als sie wieder einmal ausgeritten sind und von einem Hügelkamm auf den Strom und die Stadt niederblicken, da spricht sie: »John, vergib mir.«

»Was soll ich dir vergeben?«

»Dass ich mich dir nicht schenken kann – noch nicht.«

»Ich kann warten.«

»Wie lange?«

»Es wird sich lohnen, lange zu warten.«

Sie schweigen wieder, blicken auf den Strom und die Stadt nieder und sehen einen Steamer vom Citadel Rock heraufkommen und am Ufer festmachen.

Die Passagiere drängen sich über die Gangway an Land. Sie alle haben es eilig, und die meisten wollen sofort weiter in die Goldfundgebiete, um sich dort Claims abstecken zu können. Aber auch eine andere Sorte will ins Goldland.

»Alle Menschen glauben an ihr Glück«, murmelt Samantha. »Und die Hoffnung auf Glück stirbt zuletzt. John, an was glaubst du? Du warst ein Trapper. War das dein Lebensziel? Du hast einige Jahre eine Missionsschule besucht und bist gebildeter als die meisten Menschen in diesem Land. Warum genügte dir ein Trapperleben?«

Sie blickt ihn von der Seite her fest an, und er erwidert ihren Blick, wobei seine geschmeidigen Hände das Sattelhorn kneten. Und sie sieht ihm an, dass er tief in sich hineinlauscht, um eine Antwort zu finden.

Dann aber spricht er sehr nachdenklich: »Die Welt ist weit, und alle Dinge sind auf irgendeine Art wundervoll. Und immer wieder erzählt der Wind, wie großartig es ist, am Leben zu sein und sich auf dieser Welt zu behaupten, die starken Düfte eines Landes zu spüren, den beißenden Geruch eines Campfeuers, regenfeuchter oder sonnenwarmer

Erde, harziger Kiefern. Abenteuer machen das Leben süß und die Tage gut. Vielleicht war es das Indianerblut in mir, das mich dieses Leben führen ließ.«

Sie staunt über seine Worte, denkt eine Weile nach und fragt dann: »Und jetzt?«

Er sieht sie seltsam an und erwidert schließlich: »Jetzt ... Oh, jetzt muss ich dich beschützen in der Hoffnung, dass die Rache dir bald nicht mehr so wichtig ist wie das eigene Leben.«

Sie senkt den Kopf und blickt auf ihre Hände nieder, die nun ebenfalls das Sattelhorn kneten, so wie es John Falcons Hände taten.

»Ich habe meinen geliebten Mann verloren. Und ich trug schon zwei oder drei Wochen unser Kind unter meinem Herzen. Als wir damals mit der River Shark in die Luft flogen, da verlor ich es im Big Muddy. John, ich muss Rache nehmen, ich muss!«

Sie ruft es zuletzt fast wild. Und zugleich ist ein Klang von Trotz in ihrer Stimme, so als wollte sie auf diese Art eine Hilflosigkeit bekämpfen und unterdrücken.

Er schweigt, und es ist ein Bedauern und zugleich ein aufkommendes Gefühl von Hoffnung in ihm.

Sie reiten nun weiter, immer wieder dicht nebeneinander.

Aus der Entfernung wirken sie wie ein Paar, das sich ohne Worte versteht.

Aber sie sind kein Paar, längst noch nicht. Da reiten nur eine schöne Frau, angetrieben vom Zwang, Rache zu nehmen, und ihr getreuer Beschützer, der ständig eine Kraft ausstrahlt, die fast greifbar ist.

Zu dieser Zeit in Fort Benton trifft der Trapper Earl Mallowe gewisse Vorbereitungen, und diese Vorbereitungen sehen so aus, als würde er mit genügend Ausrüstung und drei Packpferden in die Berge der Bitter Roots ziehen wollen, um dort einen langen Herbst und Winter nach Pelztieren zu jagen.

Doch außer seinem Sattelpferd und den drei Packtieren will er offenbar noch ein zweites Sattelpferd mitnehmen. Und so würde sich ein Beobachter die Frage stellen, ob dieses zweite Sattelpferd nur ein Ersatztier oder für einen Begleiter bestimmt ist.

Er bringt alle Tiere einige Meilen von Fort Benton entfernt in einer verlassenen Hütte unter, auch die Packlasten, die er den drei Packtieren aufladen wird.

Dann beschäftigt er sich mit den gekauften Waffen, vor allen Dingen mit der schweren Buffalo Sharps, zu der ein Zielfernrohr gehört.

Als er an diesem Tag die Hütte verlässt, da nimmt er in Kauf, dass ihm alles gestohlen werden könnte. Denn das Land ist ja auch eine Zuflucht der Gesetzlosen, zum Beispiel auch vieler Deserteure der Armee. Und die stehlen alles, was ihnen das Fortkommen und die Flucht ins Goldland möglich macht.

Obwohl Earl Mallowe viel Geld ausgeben musste, bleibt in seinen Taschen noch eine Menge übrig, denn jener Leroy Paradise, dieser kleine Mann mit der Melone, hat ihn gut bezahlt.

Doch vielleicht hätte sich Earl Mallowe auf die ganze Sache gar nicht eingelassen, wenn da nicht der heiße Wunsch gewesen wäre, wieder einmal einen langen Jagdwinter mit einer Frau in einem einsamen Hochtal in einer Hütte zu verbringen und mit ihr unter einer Decke zu liegen, von ihr gewärmt zu werden und sie nach Belieben besitzen zu können.

Bisher hat er stets nur junge Squaws mitgenommen. Das ist nicht schwer gewesen, denn es herrscht bei allen Stämmen ständig ein Überfluss an Squaws.

Doch jetzt will er die nächsten Monate mit einer wunderschönen Frau verbringen. Der kommende Jagdwinter soll der schönste seines Lebens werden.

Ja, er ist verrückt nach Samantha Quaid. Er muss Tag und Nacht an sie denken. In seinen Träumen erlebt er immer wieder, wie er sie besitzt. Und wenn er dann erwacht, da ist es besonders schlimm für ihn, weil er es ja nur im Traum erleben konnte.

Wahrscheinlich ist er krank, denn anders kann sein Verhalten und sein Tun nicht erklärt werden.

Es ist zwei Tage später, als Samantha und Falcon wieder an einem schönen Vormittag ausreiten. Der Tag wird noch einmal sonnig und warm, und dennoch spürt man schon den nahen Herbst. Da und dort werden die Blätter einiger Baumarten farbiger.

Und die Nächte sind sehr viel kühler geworden.

Es herrscht der so genannte Indianersommer.

Samantha und John besuchen zuerst die Werft und erleben dort, wie die River Shark mit ihrer ganzen Breite vom Trockendock ins Wasser rutscht, gehalten von vielen Tauen, die von Dampfwinden langsam nachgelassen werden.

Und dann endlich schwimmt die River Shark wieder in der stillen Bucht.

Der Besitzer der Werft tritt zu ihnen und lüftet vor Samantha den Hut.

»Lady, in zwei Tagen können Sie die River Shark zum Holzplatz verholen. Dann sind wir hier fertig. Die River Shark ist wie neu. Sie ist das beste Boot auf dem Missouri.«

Der Mann sagt es mit Überzeugung.

Und Samantha erwidert: »Dann werde ich morgen die Rechnung begleichen, Mister Thurner. Und wir machen heute unseren letzten Ausritt.«

Sie sitzen wieder auf und reiten davon.

Der Werftbesitzer sieht ihnen lange nach, bis sie hinter einer Bodenwelle verschwinden. Dann murmelt er: »Ein schönes Paar. Aber der Krieg um die Macht auf dem Missouri wird kein Ende nehmen. Nur die Methoden werden sich ändern. Es gibt noch kein Gesetz auf dem Big Muddy. Doch irgendwann werden US Marshals die Post- und Verkehrswege sichern müssen. Ewig kann das nicht so weitergehen.«

Er wendet sich seinem Vorarbeiter zu: »Verholen wir die River Shark ein Stück weiter weg, damit wir die Pretty Nelly aufs Dock ziehen können.«

»Yes, Sir«, erwidert der Vormann, will sich abwenden, um zu gehen. Doch dann hält er inne und spricht bitter: »Es wäre schade um die River Shark, wenn auch sie ...«

»Dazu darf es nicht kommen«, unterbricht ihn Thurner.

Indes reiten Samantha und John einige Meilen weiter und halten dann wieder auf jenem Hügelkamm, von dem sie auf den Strom hinunter und nach links auf die nun Meilen entfernte Stadt blicken können.

Und abermals sehen sie vom Citadel Rock her einen Steamer heraufgedampft kommen.

Samantha will etwas zu John Falcon sagen, doch da hören sie beide ein merkwürdiges Orgeln in der Luft.

Vielleicht begreift nur Falcon, dass solch ein Sausen nur von einer schweren Sharpskugel erzeugt wird. Auch rollt nun der Donner des Schusses der Kugel hinterher.

Er wirft sich vom Pferd, und die schwere Kugel ritzt nur seine Schulterspitze.

Auch Samantha wirft sich von ihrem Pferd. Ihre Stimme ist heiser. »John, John, was ist? Bist du getroffen?«

»Nein«, hört sie ihn erwidern. »Das war eine schwere Buffalo Sharps. Deren Geschosse sind wie kleine Granaten. Man kann der Kugel entkommen, wenn man sich beim Krachen des Schusses aus der Zielrichtung bringt. Die Kugel ist langsamer als der Schall. Erst zuletzt überholt sie ihn. Ich bleibe jetzt liegen, als wäre ich getroffen. Du musst dich jetzt so benehmen wie eine Frau in Panik. Wirf dich über mich, so als wolltest du mir neues Leben einhauchen.«

Sie macht es tatsächlich, und so verharren sie zwischen ihren Pferden, die nur wenige Yards zur Seite wichen.

Lange müssen sie nicht warten.

Dann hören sie einen Reiter kommen und wenig später die harte und raue Stimme von Earl Mallowe drohend rufen: »Hoii, steh auf, Samantha! Dein schneller Revolver nützt dir jetzt nichts. Denn ich habe eine Sharps! Die schießt tausend Meilen weit! Steh auf ohne Revolvergurt! Schnall ihn vorher ab!«

Ja, es ist Mallowes Stimme.

Und Samantha, die noch über Falcon liegt, flüstert heiser: »Dieser verdammte Hurensohn. Warum tut er das?«

»Er will dich«, erwidert Falcon. »Und vielleicht hat ihm auch jemand eine Prämie gezahlt. Vielleicht sollte er dich abschießen. Aber er will dich zu sehr. Wenn er bei uns ist und du dich mit erhobenen Händen erhebst ohne deine Waffe, dann werde ich ihn töten.«

Als er verstummt, da müssen sie eine Weile warten.

Er spürt ihren Körper auf sich liegen und ist ihr nun so nahe wie noch nie.

Dann hört er sie flüstern: »Oh, John, ich bin so erleichtert und glücklich, dass er dich nicht töten konnte. Oh ja, wir geben es diesem Hurensohn!«

Die letzten Worte faucht sie wie eine Pumakatze.

Es dauert eine ganze Weile, bis sie einen Reiter kommen hören, der in einiger Entfernung anhält und absitzt. Sie hören das Knarren des Sattels, dann die durch das hohe Gras schleifenden Schritte.

Mallowes Stimme klingt hart: »Also komm hoch, schöne Samantha! Ohne Revolver! Du würdest zu schnell sein für mich. Ich bin noch weit genug entfernt. Du kannst mich mit deinem Revolver nicht erwischen – aber ich dich mit der Sharps. Hoch!«

Sie gehorcht und flüstert dabei: »Ja, töte ihn, John. Er ist es nicht wert zu leben.« Als sie mit erhobenen Händen steht, ist der Revolvergurt mit ihrer schnellen Waffe nicht zu sehen, und so nähert sich Earl Mallowe weiter.

Sie hören ihn mit einem Zungenschnalzen zufrieden sagen: »Jetzt gehörst du mir, schöne Samantha. Das wollte ich schon lange. Dein Anblick macht mich verrückt. Wir werden den Winter in den Bitter Roots verbringen. Dort habe ich eine schöne Jagdhütte. Finde dich damit ab, dass du mir gehörst wie all die Squaws, die ich vor dir dort hatte.«

Er tritt nun näher.

Und als er auf John Falcon einen Blick wirft, da richtet dieser sich etwas auf und schießt sofort. Aber auch Mallowe drückt noch die Sharps ab, die er mit einer Hand um den Kolbenhals gefasst hält.

Die Kugel fährt dicht neben Falcon in den Boden.

Mallowe fällt um, und dann stirbt er langsam. Mit einer Kugel im Bauch stirbt man nicht so schnell. Das geht langsam vonstatten.

Als er auf dem Rücken liegend die Augen öffnet, da steht das Paar rechts und links neben ihm und blickt schweigend auf ihn nieder.

Sein Gesicht verzerrt sich. Wahrscheinlich spürt er nun den Schmerz, und so drückt er beide Hände auf die blutende Wunde.

»Das war's wohl«, knirscht er. »Ich hätte diese verdammte Sharps besser ausprobieren müssen.«

»Ja, das hättest du, Mallowe.« John Falcons

Stimme klingt ganz ruhig. Und dann fragt er fast mitleidig: »Du weißt, dass wir dir nicht helfen können? Ich habe nicht absichtlich in deinen Bauch geschossen, konnte in der Eile nur voll auf dich halten. Aber warum wolltest du mich mit einer Sharps aus sicherer Entfernung abknallen?«

Wieder verzerrt Earl Mallowe sein bärtiges Gesicht und knirscht: »Damals haben sie mir den Vornamen Earl gegeben, meine dummen Eltern. Sie glaubten, dass ein nobler Vorname mir im Vorwärtskommen auf dieser Erde behilflich sein würde. Aber ich wurde kein Graf, nur ein Trapper. Ich liebte stets die Jagd. Warum ich dich abschießen wollte? Oho, auch das war eine Jagd. Und der kleine Mann in Fort Benton zahlte mir tausend Dollar. Er wird einen neuen Killer anwerben, denn er weiß, dass die schöne Samantha ohne dich leichter zu besiegen ist. Eigentlich sollte ich euch beide abschießen. Aber ich wollte sie lieber in meine Jagdhütte in den Bitter Roots mitnehmem.«

Nach diesen gestöhnten Worten macht er eine längere Pause, liegt mit geschlossenen Augen bewegungslos da. Nur sein Atem geht heftig.

Als er die Augen wieder öffnet, sieht er immer noch die beiden Gesichter über sich.

»Werdet ihr mich beerdigen oder einfach liegen lassen?«

»Wir könnten dich nach Dakotabrauch dem Himmel näher bringen dort oben auf dem flachen Felsen, aber auch nach Christenart beerdigen. Wie willst du es haben, Mallowe?«

Dieser grinst nun, und seine Hände über der Wunde zittern.

»Immer fair und nobel«, stöhnt er. »Das ist ja zum …«

Aber er spricht nicht weiter. Wahrscheinlich hätte er »Kotzen« gesagt.

Sie knien nun rechts und links neben ihm, und es ist irgendwie seltsam. Er wollte John Falcon töten und Samantha mit sich in die Bitter-Roots-Berge nehmen.

Dennoch verspüren sie keinen Hass auf ihn. Denn er stirbt. Sein Schicksal hat ihn ereilt. Er konnte diesem Schicksal nicht entkommen.

Und der Verursacher seines Schicksals ist der kleine Mann in Fort Benton, dessen Name Leroy Paradise ist und der eine lächerlich wirkende Melone auf dem haarlosen Kopf trägt. Dieser kleine Mann führte ihn in Versuchung, so als wäre er ein Abgesandter des Teufels.

Mallowe starrt auf Samantha. »Ich wollte dich, war verrückt nach dir. In jeder Nacht erlebte ich dich in meinen Träumen. Ich wollt dich haben um jeden Preis. Der kleine Mann in Fort Benton heißt Leroy Paradise. Legt mich auf den flachen Felsen. Meine Seele gehört ohnehin dem Teufel.«

Seine Worte sind zuletzt kaum noch verständlich. Dann haucht er seinen letzten Atem aus. Sie knien noch eine Weile neben ihm und lauschen in sich hinein, fragen sich, ob sie ihn hassen und verachten oder Mitleid für ihn empfinden sollen.

»Er ist tot«, flüstert Samantha. »Vielleicht hätte ich ihn irgendwann getötet, würde er mich mitgenommen haben. Ja, bei der ersten Gelegenheit würde ich ihn umgebracht haben.«

Sie erhebt sich mit einer geschmeidigen Bewegung.

»Wir werden den kleinen Mann in Fort Benton gewiss finden.«

»Ja, das werden wir, Samantha.«

Auch John Falcon erhebt sich. Über den Toten hinweg sehen sie sich eine Weile wortlos an, aber auch ohne Worte halten sie nun Zwiesprache.

Um diese Zeit etwa – fast zur gleichen Minute – dringen zwei desertierte Soldaten in die halbverfallene Hütte ein, in der Earl Mallowe die Pferde und all seine Ausrüstung für einen langen Jagdwinter versteckt hat.

Die beiden Exsergeanten sichern nach allen Seiten, und weil sie Hunger haben, öffnen sie die Packlasten und finden die Vorräte. Sie kochen sich Kaffee, braten Pfannkuchen mit Speck und essen Trockenobst zum Nachtisch.

Und die ganze Zeit bleiben sie wachsam und halten ihre Revolver bereit.

Beide sind erfahrene Indianerkämpfer, die schon oft gekämpft und getötet haben.

Und so sind sie auch jetzt dazu bereit, sollte der Besitzer der Pferde und all den anderen Kostbarkeiten auftauchen.

Einer sagt kauend: »Jube, wir sind Glückspilze. Mit all dem Zeug hier sind wir für viele Monate versorgt. Dies alles muss wohl einem Trapper gehört haben, der unterwegs in sein Jagdrevier war. Und wenn der Bursche Glück hat, dann lässt er sich hier nicht blicken.«

Der andere Exsergeant nickt nur und steckt sich dann eine Zigarre an.

»Ja, der hat sich gut ausgerüstet«, sagt er schließlich und grinst paffend. »Wir sollten in der kommenden Nacht viele Meilen reiten. Dann wäre ein notwendiger Vorsprung groß genug, und wir brauchten uns keine Sorgen zu machen.«

Und noch etwas geschieht fast zur gleichen Zeit.

Ein Dampfboot der Green Star Company macht am Ufer von Fort Benton fest, und auch diesmal drängen die Passagiere über die Gangway an Land. Einer dieser Drängler fällt sogar ins Wasser. Doch so dicht am Ufer reicht ihm der schlammige Fluss nur bis zur Gürtelschnalle. Und so kriecht er wieder ans Ufer und macht sich auf den Weg zu den wartenden Postkutschen, die zu den verschiedensten Fundgebieten fahren, wo aus den wilden Camps die Städte Last Chance, Virginia City, Bozeman, Three Forks und andere entstanden.

Leroy Paradise wartet etwas abseits und sehr bescheiden wirkend. Aber wer sich auskennt mit solchen Männern, den lässt er an einen lauernden Dachs denken. Ja, er wirkt wie ein zweibeiniger Dachs.

Ganz zuletzt kommen zwei Männer von Bord, die es gar nicht eilig haben. Sie verharren nach einigen Schritten an Land und sehen sich um.

Paradise tritt zu ihnen und spricht trocken: »Da seid ihr ja endlich. Aber wahrscheinlich habe ich schon alles erledigt und eure Arbeit getan. Jene Black Lady gibt es wahrscheinlich nicht mehr. Ihr könnt euch amüsieren in Fort Benton und mit dem nächsten Steamer wieder zurück nach Saint Louis fahren. Hier in Fort Benton muss die Green Star Company diplomatischer vorgehen. Hier gibt es fast schon so etwas wie ein Gesetz, also Recht und Ordnung.«

Er lässt die beiden Revolvermänner – denn solche sind es – einfach stehen und geht davon. Sie sehen ihm grimmig nach.

Einer knurrt nur: »Dieser Zwerg …«

Doch der andere Mann schnalzt mit der Zunge und erwidert: »Das ist Leroy Paradise. Der hat Macht, denn er arbeitet mit seinem Gehirn für den Trust. Der gleicht einem Schachspieler, für den wir die Figuren sind, die er herumschieben darf. Na gut, dann werden wir uns also amüsieren in Fort Benton.«

Sie wandern langsam in die Stadt hinein. Jeder hat nur eine Reisetasche als Gepäck dabei. Sie tragen diese Taschen links, denn beide sind Rechtshänder, die deshalb auch ihre Revolver rechts tragen.

Es ist fast schon Abend, als Samantha und John ihre Mietpferde in den Mietstall bringen. Und hier erblicken sie auf der Futterkiste einen kleinen Mann mit einer Melone auf dem Kopf, der mit dem neben ihm sitzenden Stallmann Halma spielt.

Doch der Stallmann muss sich nun um die zurückgebrachten Pferde kümmern, die er jedoch draußen bei den Corrals versorgt, nachdem er den Mietpreis und ein gutes Trinkgeld bekommen hat.

Der kleine Mann bleibt auf der Futterkiste neben

dem Halmaspiel sitzen und starrt mit listigen Dachsaugen schräg zu Samantha empor.

»Es hat nicht geklappt, Mister Paradise«, spricht Samantha auf ihn nieder. »Der Trapper Mallowe lebt nicht mehr. Aber er hat uns vor seinem Dahinscheiden noch eine Menge erzählt. Es trifft sich gut, dass wir Sie hier vorfinden und nicht nach Ihnen erst noch suchen müssen. Sie haben heute schlechte Karten.«

»Was wollen Sie von mir, Lady? Offenbar verwechseln Sie mich.«

»Gewiss nicht, denn von Ihnen gibt es gewiss kein ähnliches Exemplar.«

Paradise will aufstehen und empört fortgehen. Denn er stößt hervor: »Lassen Sie mich in Frieden. Sie sind ja verrückt!«

Aber als er an John Falcon vorbei will, da fasst dieser ihn am Ohr und hält ihn daran fest wie einen kleinen Jungen.

So mancher Lehrer macht das mit ungezogenen oder lernunwilligen Jungen.

Falcon spricht mit einem Lachen in der Kehle zu dem mehr als zwei Köpfe kleineren Paradise nieder: »Mein Freund, ich kann dir leicht das Ohr abreißen, wenn du dich zu sehr wehren solltest. Wir gehen jetzt zum prächtigen Dampfboot River Shark. Und dort bekommst du eine schöne Kabine. Wir haben dann eine Menge Zeit bis nach Saint Louis hinunter. Ich wette, du wirst uns eine Menge zu erzählen haben.«

Leroy Paradise zittert plötzlich am ganzen Körper. Ja, er verspürt zum ersten Mal in seinem Leben eine heiße Furcht. Sie steigt aus seinem innersten Kern auf und zwingt ihn zum würgenden, harten Schlucken.

Als sie den Stall verlassen, behält Falcon das Ohrläppchen des kleinen Mannes weiter zwischen Daumen und Zeigefinger. Und Paradise fühlt sich so hilflos wie nie zuvor in seinem Leben.

Draußen ist es schon Abend. Im Stall brannten zwei Laternen über der Futterkiste. Langsam fällt die Nacht von Osten her wie ein dunkler Mantel nieder. Überall in Fort Benton sind nun die Lichter an. Auch die Schiffe an den Landebrücken oder am Ufer sind mehr oder weniger erleuchtet.

Es ist eigentlich ein schönes Bild, und es täuscht eine heile und freundliche Welt vor, aber das ist Fort Benton nicht.

Hier will jeder Mensch auf irgendeine Art überleben. Deshalb gibt es hier die Reinen und die Guten, aber auch die Sünder und die Bösen.

Und es gibt keine Gnade für die Schwachen. Die Schwachen gehen hier und im Goldland unter.

Sie haben Paradise in ihrer Mitte. John führt ihn immer noch am Ohr.

Und Paradise stöhnt: »Verdammt, was machen Sie mit mir?«

Aber er erhält nur ein belustigtes Lachen als Antwort.

Und so wünscht er sich, dass sie den beiden Revolvermännern begegnen könnten, die der Trust ihm zur Unterstützung mit dem nächsten Dampfboot nachgesandt hat.

Aber obwohl viele Fußgänger auf der Uferstraße

unterwegs sind, sind die beiden Revolvermänner nicht dabei.

Und so bedauert er, dass er ihnen sagte, sie sollten sich in der Stadt amüsieren und mit dem nächsten Boot wieder abreisen.

Sie finden wenig später die River Shark, die vom Holzverladeplatz verholt hat.

Der Bootsmann Pete Benteen empfängt sie an der Gangway.

»Nehmen wir Passagiere an Bord? Und wann soll es mit dem Dampfmachen beginnen?«

Dies fragt er und entdeckt dabei, dass Falcon einen kleinen Mann bei sich hat und ihn am Ohr festhält.

»Der muss eingesperrt werden, Benteen«, sagt Samantha. »Wir nehmen die Achterkabine auf der Steuerbordseite. Er wird mit einer Handschelle ans Bettgestell festgemacht.«

»Yes, Ma'am.« Der Bootsmann grinst. »Und was hat er auf dem Kerbholz?«

»Er ist der Statthalter des Trustes auf der ganzen Stromlänge zwischen Saint Louis und Fort Benton, der Boss aller Statthalter, besser gesagt. Er ist die kleine Giftkröte, die für den Trust morden lässt.«

»Ooooh, dann werden wir ihn verdammt sicher wegschließen müssen, Lady.«

Pete Benteen knurrt es böse und drohend.

Dann nimmt er an Stelle von Falcon das Ohr des Gefangenen zwischen seine harten Finger und setzt sich mit ihm in Bewegung.

16

Als es Tag wird, hat die River Shark genügend Dampfdruck in den Kesseln und löst sich von der Landebrücke. Es sind etwa ein Dutzend Passagiere an Bord, Goldgräber, die mit ihrer Ausbeute heimwärts wollen. Manche sind ziemlich schwer beladen mit ihrem Gold. Sie schleppen es in kleinen Beuteln oder in gefüllten Goldgürteln herum. Und jeder mit Goldstaub gefüllte Beutel ist tausend Dollar wert. Die Goldgürtel sind eigentlich Schläuche, und so mancher wiegt zehn Kilo.

Fast alle dieser Heimkehrer haben zumindest zwei Jahre auf ihren Claims gearbeitet, richtig geschuftet – aber mit Erfolg.

Und dann hatten sie auch noch das große Glück, dass sie auf den Wegen nach Fort Benton den lauernden Goldwölfen entkommen konnten.

Die River Shark macht also fast eine »Leerfahrt« den Strom hinunter. Doch das ist normal um diese Jahreszeit. Noch ist es für viele Goldgräber zu früh für eine Flucht vor dem harten Winter. Noch wollen alle, die fündig wurden, das so begehrte Gold bis zum letzten Tag aus der Erde kratzen. In den Minen wird ohnehin durchgearbeitet.

Auch die andere Sorte von Glücksjägern will das Goldland im Indianersommer noch nicht verlassen, die Frauen, die sich verkaufen, die Spieler und Banditen. Denn sie alle versprechen sich noch reiche Beute.

Nun, die River Shark ist also schwach besetzt mit Fahrgästen.

Und in der Achterkabine auf der Steuerbordseite sitzt Leroy Paradise, mit einer Handschelle angekettet an das Gestell eines noblen Messingbettes.

Man hat ihn entkleidet bis auf die Unterhose, und er kommt sich erbärmlich vor.

Tief in seinem innersten Kern ist ständig das Gefühl von Sorge, das sich in Furcht verändern will. Und dagegen kämpft er ständig an.

Noch niemals in seinem Leben befand er sich in solch einer Situation, er, der stets überlegene Kopfmensch, der überall für den Trust die Generalstabsarbeit erledigte und ein System errichtet hat, das er handhabe wie ein Schachspiel.

Doch nun kann er die menschlichen Figuren dieses Spiels nicht mehr hin und her schieben. Er besitzt keine Macht mehr. Seine gerissene Schlauheit kann er nicht mehr anwenden, denn er ist jetzt ein kleiner, hilfloser Wicht in einer Unterhose.

Oh ja, er begreift, dass sie ihn auf diese Art zerbrechen wollen. Er soll sich hilflos und erbärmlich fühlen, aber er versucht dagegen anzukämpfen.

Doch er war nie ein Held, der körperliche Schmerzen ertragen konnte.

Und so wird in ihm die bange Frage immer stärker und kriecht ihm bis in den Hals herauf, sodass er immer mühsamer schlucken muss: Was werden sie mir antun?

Denn er erwartet keine Gnade.

Indes Leroy Paradise in der Kabine diese schrecklichen Stunden erlebt, sitzen Samantha und John in ihrer Doppelkabine am Tisch und durchsuchen Paradises Kleidung und den Beutel, den er unter seiner Kleidung an einem Band am Hals hängen hatte, natürlich auch die Brieftasche und den dick gefüllten Geldgürtel.

Und als sie damit fertig sind, suchen sie Leroy Paradise in der Gefangenenkabine auf.

Er bietet einen wirklich jämmerlichen Anblick.

Und so stößt er heiser hervor: »Ihr könnt mich nicht zerbrechen, niemals! Ihr werdet nicht erleben, dass ich zu einem heulenden Hund werde!«

Sie schweigen eine Weile zu seinen Worten. Dann aber spricht John Falcon: »Du bist am Ende. Es ist unnötig, noch den starken Mann zu spielen. Gewiss hast du schon viele andere Menschen von euren Handlangern zerbrechen oder gar töten lassen, die sich dem Trust nicht unterwerfen wollten. Jetzt erlebst du am eigenen Leib, wie das ist. Und das macht dir Angst. Vielleicht wirst du dir bald vor Furcht in die Unterhose machen. Deine ganze Schlauheit hilft dir jetzt nicht mehr. Wir haben in deinen Sachen eine Menge gefunden, was uns Aufschluss gibt über euer System. Besonders interessant war dein halb fertiger Bericht an deine Bosse in Saint Louis. Wir kennen jetzt die genaue Anschrift, denn die hattest du schon auf dem Umschlag adressiert. Eigentlich hast du nur noch eine Chance, Leroy Paradise. Und dir ist doch wohl klar: Wenn wir dich alle machen, dann kommst du nicht ins Paradies. Da hilft dir dein schöner Name gar nicht.«

Leroy Paradise vibriert nun am ganzen Körper. Es ist ein ziemlich fetter und dicht behaarter Körper. Ja, er wirkt nun wahrhaftig wie ein vor Furcht zitternder Dachs.

Sein Blick richtet sich auf die schöne Samantha, die schweigend auf einem Hocker sitzt. Es ist die Bitte um Gnade in diesem Blick.

Aber sie spricht: »Du Drecksack hast eigentlich nur eine Chance.«

»Welche, Lady, welche?«

»Wenn du den ganzen Trust verrätst. Wenn du uns in alles einweihst. Und damit wir sicher sind, dass du uns nicht anlügst, nehmen wir dich mit nach Saint Louis. Und erst wenn wir herausgefunden haben, dass alles stimmt, lassen wir dich vielleicht laufen, in dieser Unterhose zwar, aber immerhin laufen.«

Sie erhebt sich nach diesen Worten und wendet sich zur Tür.

Von dort spricht sie über die Schulter zurück: »Wir haben Zeit. Die Talfahrt nach Saint Louis dauert ja noch Wochen. Du kannst nachdenken. He, dieser Trapper sollte uns umbringen. Das Rebellenboot River Shark sollte herrenlos werden. Du warst gnadenlos. Wieso erwartest du von uns etwas anderes? Wir werden dich zerbrechen.«

Sie tritt hinaus aufs Achterdeck. John Falcon folgt ihr. Als sie sich ihm draußen zuwendet, da kann er in ihren Augen die Bitterkeit erkennen.

Und er hört sie sagen: »John, ich habe genug von diesem Strom. Und mir ist vorhin in der Kabine beim Anblick dieser furchtsamen Ratte eines klar geworden.«

Als sie verstummt, da fragt er: »Was, Samantha, was?«

»Dass es einen ewig währenden Kampf um die

Macht auf dem Missouri geben wird. Nur die Mittel werden sich verändern. Doch ich will nicht mein ganzes Leben lang kämpfen. Ich sehne mich nach einem friedlichen Leben. Oven Quaid, der mein Mann war, ist tot. Sie haben ihn und andere Menschen ermordet, heimtückisch mit einer Sprengladung in einem Holzscheit. Ich will ihn nur noch rächen. Dann bin ich fertig auf diesem Strom.«

Er nickt und blickt in ihre grünen Augen.

»Das war die ganze Zeit meine Hoffnung«, sagt er.

Die River Shark macht in den nächsten Tagen und Nächten eine gute und schnelle Talfahrt. Sie erreichen acht Tage später die Yellowstone-Mündung und passieren Ford Buford. Dort nehmen sie einige Passagiere an Bord und bunkern bei White Earth River Brennholz für die Weiterfahrt.

Die Erinnerung macht Samantha bitter zu schaffen. Doch sie kommt darüber hinweg. John Falcon kann es spüren.

Manchmal verhören sie ihren Gefangenen, aber der verwickelt sich nie in Widersprüche. Offenbar spricht er die Wahrheit.

Inzwischen wissen auch die Passagiere über den Gefangenen Bescheid.

Als er einmal an der Reling des Achterdecks frische Luft schnappen darf – er trägt immer noch nur seine Unterhose – treten einige der Passagiere während ihres Rundgangs zu ihm und seinem Bewacher. Einer der Passagiere sagt böse: »He, warum werft ihr ihn nicht einfach über Bord? Ich habe im vergangenen Jahr wertvolle Ladung für Fort Buford verloren, als die Mary Ann bei Standing Rock in die Luft flog. Euer Boot, die River Shark, wird zur Legende auf dem Big Muddy. Ja, ihr geht in die Geschichte dieses verdammten Stromes ein.«

Leroy Paradise hört es und zittert innerlich wieder vor Furcht, außerdem fröstelt er im Fahrtwind, der auch achtern zu spüren ist und den Rauch der beiden Schornsteine wirbelt.

Er richtet seinen Blick hoffnungsvoll auf seinen Bewacher. Dieser fragt: »Kannst du überhaupt schwimmen?«

»Neineinein«, stottert Paradiese, und wer ihn jetzt so sieht, der kann sich nicht vorstellen, das dieser total zerbrochene Mann einmal die Fäden zog auf der mehr als zweieinhalbtausend Meilen langen Strecke zwischen Saint Louis und Fort Benton.

Ja, er ist ein zerbrochener, furcherfüllter Mensch, kein Mann mehr.

Aber es war ja schon oft so in der Geschichte der Menschheit, dass gnadenlose Herrscher und Befehlsgeber selbst oft feige sind.

Immer wieder begegnen der River Shark Dampfboote, die stromauf ihre letzte Fahrt vor dem Winter machen und auf ihr Glück vertrauen, dass sie nicht von den Blizzards überrascht werden und im Big Muddy einfrieren, wenn die Kälte stärker ist als die Strömung.

All diese Dampfboote lassen ihre Dampfhörner dröhnen, wenn sie die River Shark erkennen. Und mit dem Sprachrohr werden ihr respektvolle Worte herübergerufen. Die Passagiere an der Reling klatschen Beifall.

Die Legende vom Kampf der River Shark gegen die Macht der Green Star Company kennt inzwischen jeder auf und am Missouri.

Samantha sagt einmal mit Bitterkeit zu Falcon: »Sie jubeln uns zu, weil wir die Mächtigen besiegten und ich als Black Lady ihre Statthalter im Duell getötet habe. Aber ich glaube immer mehr, dass unser Sieg nur ein vorübergehender Sieg ist. Irgendwann würden wir weiter kämpfen müssen, vielleicht unter großen Opfern. Und dann würde es vielleicht ein Pyrrhussieg sein. He, Lederstrumpf, hast du damals in der Missionsschule gelernt, was ein Pyrrhussieg ist?«

Er grinst sie an und hält dabei das Ruder fest in seinen Händen.

»Pyrrhus war der König von Epirus, lange vor Christus – ich weiß nicht wie lange. Aber er kämpfte siegreich gegen Rom, aber unter großen Verlusten und Opfern. Sein Sieg war nicht viel wert, denke ich.«

»Und so würde es auch uns ergehen, wenn wir auf dem Strom bleiben.« Samantha spricht es hart. »Ich will nur noch meinen Mann rächen. Dann folge ich dir wohin auch immer, Lederstrumpf.«

Die Tage und Nächte vergehen. Je weiter sie nach Süden kommen, umso wärmer wird es wieder. Denn sie flüchten ja im sterbenden Indianersommer vor dem Winter im mehr als zweitausend Meilen entfernten Kanada. Dieser Winter wird bald mit brüllenden Blizzards über Fort Benton herfallen.

Es ist an einem Abend, als sie die Lichter von Saint Louis zu sehen bekommen und noch vor der Mündung zum Mississippi festmachen.

Die Passagiere gehen an Land, denn hier bei den Landestellen warten stets einige Kutschen.

Samantha und John suchen Leroy Paradise in der Achterkabine auf.

Er hockt wie immer auf dem Bett und starrt bittend und hoffnungsvoll zu ihnen im Lampenschein empor.

Ja, er ist zerbrochen, so sehr wie ein verprügelter Hund, der zuvor ein böser Beißer war, einer von jener Sorte, die plötzlich aus einem Versteck herausspringen und Vorübergehenden in die Beine Beißen.

Samantha spricht kühl auf ihn nieder: »Wenn alles stimmt, was du uns gebeichtet hast, dann werden wir zurückkommen können und dich laufen lassen. Doch wenn wir nicht zurück können, dann bringt dich die Besatzung der River Shark um. Dann ertränkt sie dich wie eine Ratte im Strom.«

»Ich habe euch die Wahrheit gesagt«, erwidert Paradise fast tonlos.

Sie verlassen ihn, gehen noch einmal in ihre Doppelkabine, die sie getrennt bewohnen, und vervollständigen ihre Kleidung. Und beide legen sich die Revolvergurte mit den Waffen um. Samantha trägt wieder die schwarze Kleidung, die ihr den Namen Black Lady einbrachte in der Legende von der River Shark.

Sie nehmen eine der wartenden Droschken.

Und weil ihnen Leroy Paradise den Weg genau beschrieben hat, können sie ihn auch dem Kutscher genau erklären.

Dieser Kutscher schnalzt mit der Zunge und erwidert: »Oh ja, dieses noble Haus kenne ich. Es ist wahrscheinlich das schönste Anwesen von Saint Louis, liegt eine halbe Meile außerhalb auf einem Hügel, und man hat von dort aus eine herrliche Aussicht auf die Stadt, den Hafen und die Mündung des Big Muddy in den sehr viel sauberen Mississippi. Ich bringe Sie hin.«

Er will anfahren, doch Samantha sagt: »Halt, warten Sie noch! Wir holen noch einen dritten Fahrgast von meinem Schiff.«

Sie wendet sich an Falcon. »Oder sollten wir Mister Paradise nicht mitnehmen, John?« Dieser überlegt, nickt dann jedoch und erwidert: »Aber da müssten wir ihn erst wieder in seinen schönen Anzug stecken.«

»Richtig, John. Mit ihm bekommen wir leichteren Zugang.«

Sie steigen wieder aus der Kutsche.

Falcon sagt zum Kutscher: »Es kann etwa zehn Minuten dauern. Der dritte Fahrgast muss sich erst ankleiden.«

»Oh ja, ich warte gern.«

Es dauert tatsächlich nur etwa zehn Minuten, dann steigen sie mit Leroy Paradise in die Kutsche und sind unterwegs.

Paradise fragt: »Wohin bringt ihr mich?«

»Zu deinem großen Boss in die prächtige Villa auf

dem Hügel. Und du wirst uns dort an den Wächtern vorbei zu ihm bringen. Was glaubst du, was wir mit dir machen, wenn du uns diesen Gefallen nicht erweisen willst oder kannst?«

Paradise stöhnt nur als Antwort, und ganz gewiss macht er sich keine Illusionen.

Er hängt plötzlich noch mehr als zuvor an seinem Leben.

Sie schweigen während der ganzen Fahrt, hören nur das Hufklappern des Gespanns und Räderrollen der Kutsche.

Ein schmaler Reit- und Fahrweg führt mit sanfter Steigung zum Hügel hinauf. Sie können bald die innen erleuchtete Villa sehen.

Es gibt eine Auffahrt bis vor die Terrassentreppe.

Und hier werden sie von zwei Wächtern empfangen, die außer ihren abgesägten Schrotflinten Revolver in tief unter den Hüften hängenden Holstern tragen.

Ihre Revolverhände hängen dicht hinter den Kolben ihrer Waffen. Und die abgesägten Schrotflinten halten sie um die Kolbenhälse gepackt, sodass sie auch einhändig damit schießen könnten.

Einer fragt hart: »Was wollen Sie?«

Aber Leroy Paradise faucht böse: »Kennt ihr mich nicht, ihr Nasenbären?«

Sie treten näher und blicken in die Kutsche.

»Aaah, Sie sind das, Mister Paradise«, sagt einer. »Vergeben Sie uns. Die Beleuchtung hier am Fuß der Treppe könnte besser sein. Aber wer ist da bei Ihnen?«

Leroy Paradise muss nun husten. Wahrscheinlich würgt es in seiner Kehle.

Als sich sein Hustenanfall gelegt hat, keucht er: »Das sind wichtige Leute vom oberen Big Muddy. Mister Harris Stonebreaker wartet auf sie. Ich soll sie sofort zu ihm bringen.«

Als er verstummt, da überlegen die beiden Wächter nur wenige Sekunden. Dann nickt der Mann, der das Sprechen übernahm.

»Wenn Sie es nicht wären, Mister Paradise ... Nun gut, Sie dürfen mit Ihrer Begleitung hinein. Oho, ich sehe erst jetzt, dass Mister Stonebreaker Besuch von einer Lady bekommt.«

Sie erwidern nichts, klettern aus der Kutsche und folgen Leroy Paradise, der wieder einen Hustenanfall bekommt, sich aber dennoch gebückt vorwärts bewegt.

Sie folgen ihm die Treppe hinauf.

Oben vor dem Eingang erwartet sie noch ein Wächter. Doch weil hier vor dem Portal eine Lampe leuchtet, erkennt der Mann den kleinen Leroy Paradise sofort, öffnet grinsend einen Flügel der Doppeltür.

»Auch mal wieder in Saint Louis, Mister Paradise? Hatten Sie eine gute Reise? Gibt es gute Berichte für Mister Stonebreaker?«

»Oh, der wird sich freuen«, stößt Paradise zwischen zwei Hustenanfällen hervor.

Und dann gehen sie hinein.

Samantha wirft unterwegs in der Empfangsdiele den weiten Mantelumhang ab, lässt ihn einfach hinter sich auf den kostbaren Teppich fallen.

Nun ist sie wieder die Black Lady, die Rächerin ihres Mannes.

Paradise führt sie in die große Wohnhalle.

In der Ecke sitzt unter einem großen Ölbild – dieses zeigt einen wunderschönen arabischen Hengst, der eine Stute deckt – ein Mann hinter dem Schreibtisch, ein sicherlich großer Mann mit einem harten Gesicht. Wie ein Adler in seinem Horst, so sitzt er dort und starrt sie an.

Seine Stimme dröhnt tief: »Paradise, wen bringen Sie da zu mir? Wen schleppen Sie da her?«

»Dreimal dürfen Sie raten«, erwidert Samanthas Stimme.

Er starrt sie an und murmelt: »Nein, da muss ich nicht raten. Sie sind die schon fast sagenhafte Black Lady, die uns so viele Schwierigkeiten machte. Hat Paradise Sie überzeugen können, dass es klüger ist, sich der Green Star Company zu unterwerfen?«

»Nein, Mister Stonebreaker, ich bin hier, um den Tod meines Mannes zu rächen. Ich will Sie töten.«

Als sie verstummt, da wirft Paradise sich aufbrüllend zu Boden.

Und Harris Stonebreaker holt einen Revolver aus der Schreibtischlade.

Als er ihn auf Samantha richtet, da zaubert sie ihre Waffe aus dem Holster. Ja, sie gibt ihm tatsächlich eine Chance, und so wird es eigentlich ein faires Duell. Denn sie schießen gleichzeitig. Beide Schüsse sind ein einziger Knall.

Doch seine Kugel trifft nicht. Wahrscheinlich wollte er zu schnell sein, schneller als je zuvor in seinem Leben.

Samanthas Kugel stößt ihn gegen die Wand, doch er taumelt wieder nach vorn, fällt über den Schreibtisch und reißt die Lampe um. Sie fällt auf den Teppich, und das auslaufende Petroleum beginnt sofort zu brennen.

Samantha und John können sich nicht darum kümmern, denn von draußen kommen nun die drei Wächter herein und beginnen zu schießen.

Aber auch sie sind zu hastig. Einer fällt – von seinem Schwung getragen – vor Samanthas Füße und richtet sich noch einmal ein wenig auf und starrt zu ihr empor.

»Sie sind die Black Lady«, keucht er.

»Die bin ich«, spricht sie auf ihn nieder.

Dann sieht sie sich nach John um, doch auch ihn traf keine Kugel.

Sie tauschen einen langen Blick aus. Dann wenden sie sich und sehen Paradise auf dem brennenden Teppich liegen.

John Falcon stößt ihn mit der Stiefelspitze an. »Los ... aufstehen, Paradise! Es ist vorbei. Du kannst verschwinden. Dein Leben wird armselig genug sein.«

Aber Paradiese rührt sich nicht, denn er wurde von einer Kugel getroffen, die einer der Wächter beim Hereinstürmen abfeuerte.

Als Samantha und John den Hügel abwärts gehen, beginnt hinter ihnen die schöne Villa oben auf dem Hügel mit all den Toten darin lichterloh zu brennen.

Und ganz unten wartet noch die Kutsche.

Der Fahrer empfängt sie mit den Worten: »Ich kenne wie alle Menschen am Strom die Legende von der River Shark, auch die der Black Lady. Ist es nun vorbei, Lady?«

»Ja, es ist vorbei, mein Freund«, erwidert Samantha.

Der Wagen rollt wieder zu den Landebrücken am Strom abwärts.

Samantha lehnt sich an John, der den Arm um sie legt. Er hört sie flüstern: »John, ich will alles vergessen, einfach alles. Ich will die River Shark verkaufen und irgendwohin, wo niemand etwas von mir und der River Shark gehört hat. Willst du mir beistehen und helfen beim Vergessen? Ich möchte wieder eine normale Frau werden.«

»Ich helfe dir«, spricht er ruhig. »Denn auch die bösesten Träume vergisst man eines Tages. Ja, ich bringe dich irgendwohin, wo du eines Tages ...«

ENDE

Sehr geehrte Leserin, sehr geehrter Leser,

falls Ihr Buchhändler die **G.F. Unger-Taschenbücher** nicht regelmäßig führt, bietet Ihnen die ROMANTRUHE in Kerpen-Türnich mit diesem Bestellschein die Möglichkeit, diese Taschenbuch-Reihe zu abonnieren.

Hiermit bestelle ich bis auf Widerruf bei ROMANTRUHE, Röntgenstr. 79, 50169 Kerpen-Türnich, Tel-Nr. 02237/92496, Fax-Nr. 02237/924970 oder Internet: <u>www.Romantruhe.de</u>

☐ - **G.F. Unger-Erstauflage**   Euro 22,50 = 6 Ausgaben

☐ - **G.F. Unger-Neuauflage**   Euro 45,00 =12 Ausgaben.

(gewünschte Serie bitte ankreuzen.)

Die Zusendung erfolgt jeweils zum Erscheinungstag. <u>Kündigung jederzeit möglich.</u> Auslandsabonnement (Europa/Übersee) plus Euro 0,51 Porto pro Ausgabe.

Zahlungsart: ☐ - jährlich ☐ - 1/2-jährlich ☐ - 1/4-jährlich
                              ☐ - monatlich (nur bei Bankeinzug)

Bezahlung per Bankeinzug bei allen Zahlungsarten möglich.

Bitte Geburtsdatum angeben: ___ / ___ /19___

Name und Ort der Bank: _____

Konto-Nr.: _____ Bankleitzahl:_____

Name: _____ Vorname: _____

Straße: _____ Nr.:_____

PLZ/Wohnort: _____

Unterschrift: _____ Datum:_____

(bei Minderjährigen des Erziehungsberechtigten)

Die Bestellung wird erst wirksam, wenn sie nicht innerhalb von <u>zwei Wochen</u> ab dem auf die Aushändigung dieser Belehrung folgenden Tag schriftlich (zweckmäßigerweise per Einschreiben bei: Romantruhe, Röntgenstr. 79, 50169 Kerpen-Türnich) widerrufen wird. Zur Wahrung der Frist genügt die rechtzeitige Absendung des Widerrufs. Dies bestätige ich mit meiner

2. Unterschrift:_____Datum:_____

Wenn Sie das Buch nicht zerschneiden möchten, können Sie die Bestellung natürlich auch gerne auf eine Postkarte schreiben.

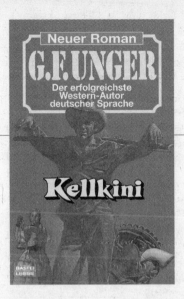

G.F. Unger ist der erfolgreichste Western-Schriftsteller deutscher Sprache. BASTEI-LÜBBE veröffentlicht alle zwei Monate exklusiv seinen neuesten Roman.

Kellkini

Ja, Kellkini ist mein Name, Tim Kellkini. Jedenfalls muss Ich der Armee, die mich als Jungen aus den Händen der Indianer befreite und nach meinem Namen fragte, mit diesem Wort geantwortet haben. Inzwischen bin ich ein Mann geworden. Und mein Leben ist so abenteuerlich geblieben, wie es begonnen hat. Aber ich bin damit zufrieden. Sehr sogar. Denn meine Verwegenheit, die ich meiner Natur verdanke, und meine Gradlinigkeit, die eine Frucht meiner indianischen Vergangenheit und meiner späteren Erziehung bei den Jesuitenvätern ist, haben mich immer einen klaren, wenn auch nicht ungefährlichen Weg gehen lassen. Ich begegnete auf diesem Weg nämlich oft dem Tod, blickte in die Abgründe von Gemeinheit und Grausamkeit, traf aber auch Menschen voller Edelmut un Größe. Und zuletzt begegnete ich Lorena, der Frau, die meine treue Lebensgefährtin wurde, weil ich – wie sie mir immer wieder sagt, – ein Mann sei, der zum Salz der Erde gehörte ...

ISBN 978-3-404-45268-2

G.F. Unger ist der erfolgreichste Western-Schriftsteller deutscher Sprache. BASTEI-LÜBBE veröffentlicht alle zwei Monate exklusiv seinen neuesten Roman.

Gila Paso

Tim Brolin wird den Gedanken an die Frau nicht los, die ihn im Gefangenenlazarett pflegte, und ihm, dem Schwerverletzten und Entmutigten, den Willen zum Überleben wiedergab. Nach seiner Entlassung macht er sich auf, die schöne Tina Russels zu suchen. Es wird ein langer und abenteuerlicher Weg voller Gefahren und überraschender Wendungen. Und als er die Gesuchte schließlich in Gila Paso findet, erlebt er eine neue Überraschung – und es ist die schlimmste überhaupt. Denn alles ist ganz anders, als er es sich auf der langen Fährte erträumte …

ISBN 978-3-404-45269-9